그
녀
의

경
우

그녀의 경우

조영아 소설

한겨레출판

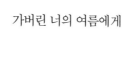

가버린 너의 여름에게

차
례

사
라
진

혀

1

　남자는 일반적으로 많이 쓰는 '세' 대신 '셔'를 썼다. 여보셔요. 안녕하셔요. 주무셔요. 새해 복 많이 받으셔요. 들을 적마다 귀에 거슬렸다. '셔'를 '세'로 고쳐서 발음만 해도 남자의 말을 얼마든지 들어줄 수 있을 것 같았다. 남자는 또 말끝마다 "듣고 있어요?" 하고 내가 자기 말을 듣고 있는지 수시로 확인했다. 온갖 상상력을 동원해 남자의 형상을 추론하다가 결론은 늘 '미친놈'으로 끝났다. 듣고 있어요? 네, 고객님. 말씀하세요. 나는 여전히 한결같은 톤으로 응수했다. 벌써 15분째 이러고 있었다. 그러니까 세탁기를 바꿔야 하냐고요. 그건 고객님이 결정하셔야지요. 내가 결정 못 하니까 전화하는 거 아닙니까. 고객님, 이곳은 서비스센터입니다. 고장 난 가전제품을 신고하시면 저희 기사님이 연락을 드립니다. 그때 방문 약속을 잡으시면 됩니다. 신고 접수해드릴까요? 고장 난 게 아니라면서요? 그럼, 다음 기회를 이용해주시겠어요? 그, 그러셔요. 남자는 그제야 전화를 끊었다.

남자는 세탁기를 22년째 쓰고 있었다. 빨래도 잘되고 탈수도 잘되었다. 세탁기가 돌아갈 때 나는 소리만 빼면 별문제가 없었다. 남자의 말을 종합해보면 헹굼이 깨끗하게 안 된다는 것과 소음이 자꾸 커지는 게 굳이 문제라면 문제였다. 헹굼 문제는 너무 오래 사용한 데서 발생하는 어쩔 수 없는 현상이었다. 지금에 와서 세탁기를 분해해 청소를 해도 비용 대비 별 효과가 없었다. 깨끗한 빨래를 위해서 헹굼 기능을 반복해보라고, 매뉴얼대로 조언을 해주었다. 정작 남자의 고민은 헹굼이 아니라 소음에 있었다. 언젠가부터 세탁기 돌아가는 소리가 너무 크게 났다. 곧 분해되어 파편들이 날아갈 것 같았다. 남자는 세탁기가 돌아가는 동안에는 신경이 쓰여서 아무 일도 할 수 없다고 했다. 나는 세탁기는 작동 중에 절대로 분해되는 일이 없으니 안심하고 사용해도 된다고 말했다. 소음이 심한 것은 오래되어서 그런 것 같으니 점검을 한번 받아보라고 권했다. 출장비와 부품 교환비가 발생할 수 있다는 말에 남자는 고장 난 거냐고 물었다. 세탁이 정상적으로 되는 것으로 봐서 고장은 아닌 것 같다고 응수했다. 그러자 남자는 소음에 대해 다시 늘어놓았다. 그러고는 세탁기를 바꿔야 하는 게 아니냐고 물어온 것이었다.

목 안쪽이 간질거리며 신호가 왔다. 어젯밤 잠들기 전에 미리 약을 먹는다는 것을 깜빡 잊었다. 알레르기 비염 증상은 한번 터지면 약을 먹지 않고는 멈추지 않았다. 때와 장소를 가리지 않고 나오는 재채기와 콧물 탓에 업무를 보기도 힘들었다. 여름에는 에어컨 바람이 가장 큰 적이었다. 손가락으로 콧구멍을 살짝 막았다가 뗐다. 아예 바꾸라고 이야기해줄 걸 그랬나. 새 세탁기를 쓰면서 콜센터로 전화를 할 일은 없을 테니. 아니다. 남자라면 분명 말도 안 되는 이유로 전화를 걸어올 게 뻔했다.

남자의 전화는 오늘이 처음이 아니었다. 벌써 세 번째였다. 첫날에는 냉장고 수명에 대해 물어왔다. 가전제품의 수명은 정해져 있지 않다, 그것은 고객님이 쓰시기 나름이다, 라고 친절하게 답변해주었다. 그래도 대략 어느 정도냐고, 구체적으로 말해줄 수 없느냐고 물었다. 보통 10년 정도입니다, 하고 매뉴얼대로 말했다. 남자는 냉장고를 10년밖에 못 쓰면 가격이 너무 터무니없이 비싼 게 아니냐고 언성을 높였다. 나는 10년 정도 쓰면 여기저기 손볼 데가 생겨서 그렇게 말하는 거지, 그것이 정답은 아니라고 덧붙였다. 20년 넘게 쓰고도 멀쩡한 것들이 많다며, 우리 집 냉장고도 20년 가까이 쓰고 있는데 아직 아무 이상도 없다고 둘러댔다. 사실 내가 쓰고 있는 냉장고가 출고된 지 얼마나 된 건지, 언제 산 것인지 알지 못했다. 어느 회사 제품인지도 몰랐다. 애초에 알려고 한 적이 없었다. 관심도 없었고 알 이유도 없었다. 자취방의 물건은 대부분 재활용 매장에서 샀다. 내가 구입하기 훨씬 전에 이미 누군가가 쓰고 버린 것들이었다. 그편에서 보면 수명이 다한 것일 수도 있으니, 어쩌면 지금 내가 쓰고 있는 냉장고는 재활용을 넘어 고물에 가깝다고 하는 게 옳았다. 남자의 전화를 받고 나서 문득 내가 쓰고 있는 냉장고가 어떤 회사 제품인지, 출고된 지는 얼마나 되었는지, 용량은 몇 리터이고 에너지 효율은 몇 등급인지 궁금했다. 퇴근하면 냉장고부터 확인해야겠다고 마음먹었다. 그날은 회식도 없었고 다른 약속도 잡혀 있지 않았다. 지하철 안에서 휴대전화로 중고 냉장고를 검색했다. 내가 사용하고 있는 냉장고와 비슷한 것들이 많았다. 하지만 현관문을 열고 집 안으로 들어섬과 동시에 냉장고는 내 머릿속에서 사라졌다. 집에 가면 간신히 씻고 자기도 벅찼다.

남자는 매번 9번 버튼을 눌러 나를 호출했다. 세분화된 매뉴얼을 선택할 수 있었지만 여덟 가지 선택의 기회를 쓰지 않고 무작정 상담원 연결을 원했다. 두 번째 상담에서 남자는 전자레인지에 김치찌개를 끓일 수 있느냐고 물었다. 그런 것은 휴대전화로 검색하면 금방 알 수 있었다. 아니면 직접 해보든가. 고객님, 이곳은 가전제품 고장 업무만 보는 곳입니다. 화난 티를 내지 않고 공손하게 일러주었다. 나도 알아요. 근데 물어볼 데가 없어서 그래요. 어이가 없어서 아무 말도 하지 않고 듣고만 있었다. 그냥 전화를 끊어버리고 싶었지만 그랬다가 클레임이 들어오면 당장 모가지였다. 어떤 경우에도 먼저 전화를 끊으면 안 되었다. 여보세요? 듣고 있어요? 여보세요? 네, 고객님. 말씀하세요. 여기 매뉴얼에 보면 된장찌개는 적혀 있거든요. 아, 그러세요? 그러면 한번 끓여보세요. 정말요? 김치찌개도 된다는 말입니까? 된장찌개가 되면 김치찌개도 가능하지 않을까요? 그렇지요? 가능하겠지요? 네, 고객님. 더 필요한 용무는 없으세요? 얼른 전화를 끊게 해야 했다. 없습니다. 고맙습니다. 남자는 정말로 고마워하는 것 같았다. 통화는 끝났지만 뒤끝이 개운치 않았다. 모든 상담 내용은 녹음이 되었다. 만약 클레임이 들어와서 녹취 내용이 공개될 경우에는 문제가 될 수도 있었다. 이를테면 전자레인지로 김치찌개를 끓이다가 사고가 나거나 파손이 되면 책임을 피해 갈 수 없을 터였다. 다행히 남자는 그 문제로 다시 전화를 걸어오지 않았다. 세 번째로 전화를 걸어왔을 때도 거기에 대한 언급은 없었다. 진짜 전자레인지로 김치찌개를 끓여 먹었는지 궁금했지만 매번 처음 대하는 사람처럼 굴었다.

2

콜은 오전 10시에서 오후 2, 3시 사이에 제일 많았다. 아르바이트생들이 집중적으로 투입되는 시간이었다. 이 일은 상상블록방에서 해고 통보를 받은 지 이틀 만에 구했다. 상상블록방은 쇼핑몰 안에 있는 놀이방이지만 정작 쇼핑을 위해 아이를 맡기는 경우는 드물었다. 아이들은 학원에 보내지듯 정기적으로 맡겨졌다. 주로 두 살에서 여섯 살까지의 연령층이었다. 좁은 공간에 아이와 생떼와 레고 블록이 넘쳐났다. 아이들은 여기저기서 불러댔고 빨리 응대하지 않으면 욕을 해댔다. 수십 종의 레고 블록을 찾아 내놓으라고 떼를 썼다. 눈을 부라리고 찾아주면 금세 다른 것을 요구했다. 아이들에게 레고 블록은 놀이감이 아니었다. 인지 능력을 개발하는 창의력 창출의 도구도 아니었다.

그저 엄마의 부재를 일시적으로 망각시키는 소품에 불과했다. 처음 아이들은 열심히 레고가 만들어내는 상상의 세계로 빠져들었다. 그러곤 그것이 사탕발림의 허구에 지나지 않는다는 사실을 금세 깨달았다. 아이들은 영악하게 진화했다. 애써 쌓은 블록을 손으로 쳐 부서뜨리곤 깔깔거렸다. 어질러진 블록을 수시로 제자리에 정렬해야 했다. 기껏 정렬해놓으면 기다렸다는 듯 무너뜨리고 흐트러뜨리기를 반복했다. 아이들이 함부로 나가지 못하게 문에는 잠금장치가 있었다. 아이들은 잘 놀다가도 자석에 이끌리듯 수시로 문 앞으로 갔다. 열리지 않는 문 앞에서 고함을 지르거나 울었다. 아이들을 문 앞으로 이끄는 게 반드시 부모만은 아니었다. 레고 블록이 만들어내는 상상의 세계가 아름답고 친절한 것만은 아니라는 걸 일찌감치 간파한 표정들이었다. 부모가 찾으러 올 때까지 우는 아이를 달래야 했다. 우는 아이는 블록으로 유인해도 넘어오지 않았다. 내가 레고 블록으로 발휘할 수 있는 기상천외한 상상력은 금세 한계를 넘어섰다. 아이는 발악을 하며 뒤로 넘어갔다. 그러다가 오줌을 싸고 똥을 지렸다. 그 뒤치다꺼리도 아르바이트생의 몫이었다.

정훈이는 블록방에 제일 먼저 와서 가장 늦게 갔다. 다섯 살 남자아이가 견디기에 지루하고도 긴 시간이었다. 정훈이는 나를 유난히 잘 따랐다. 또래보다 몸집도 작고 키도 작았다. 말도 느리고 어눌한 데다가 잘 듣지 못했다. 오래 집중해서 살펴보지 않으면 무슨 말을 하는지 알 수 없었다. 늘 구석에 혼자 있었다. 블록을 가지고 놀지도 않고 다른 아이들이 노는 모습만 멍하니 바라보다가 꾸벅꾸벅 졸다 깨기를 반복했다. 아이들은 그런 정훈이를 그냥 내버려두지 않았다. 졸고 있는 정훈이 머리에 블록을 쌓았다. 주로 정훈이보다 덩치도 크고 나이도 더 많은 아이들이 그랬다. 몇 번이고 주의를 주었지만 아이들은 아르바이트생들을 진짜 선생님으로 여기지 않았다. 정훈이만 보고 있을 수도 없었다. 다른 아이들에게 신경을 쓰는 사이 일이 벌어졌다. 모로 쓰러져 잠든 정훈이 위로 한 아이가 블록을 올리기 시작했다. 주변에 있던 아이들도 가세해 정훈이는 금세 블록 더미에 묻히고 말았다. 사장은 그날의 책임을 물어 나를 해고했다. 그다음 날 출근하려고 문을 나서는데 휴대전화로 해고 통보가 왔다. 별다른 동요도 없이 신발을 벗고 다시 들어와 옷도 벗지 않은 채로 냉장고에서 오이를 꺼내 씹으며 아르바이트 공고 사이트를 뒤졌다. 그새 통장의 잔고가 두 자리에서 한 자리로 바뀌었을지도 몰랐다.

콜센터에 출근한 지 한참 지나고 나서야 나는 블록방에서 왜 잘렸는지 곰곰이 따져보았다. 해고시킬 때 그 이유를 뚜렷하게 제시해준 곳은 거의 없었다. 그것에 대해 불만을 제기하거나 따져본 적도 없었다. 애초부터 일에 대한 애착이 생기지 않았다. 몸 바쳐서 열심히 하고 싶은 마음도 없었다. 피차간에 서로 쓸 만큼만 쓰고 버리는 관계였다. 이유도 없이 그만 나오라는 경우는 허다했고 욕이 나오다가도 금세 다른 곳을 뒤적거렸다. 어느 땐 일이 익어 편하게 지낼 수 있게 되었는데도 내 쪽에서 박차고 나오는 경우도 있었다. 내 인생이 그렇게 굳어져버리는 것 같은 불안감이 들어서였다. 다시 수차례의 이력서 제출과 면접을 통해 새 일자리를 구했다. 낯선 환경에서 새로운 일을 배우면 그나마 미래에 대한 기대가 생겼다. 일종의 착시 현상 같은 거라는 걸 빤히 알면서도 거기서 헤어 나오지 못했다.

그날 정훈이 사건은 새삼스러울 게 없었다. 특별하게 요란을 떨 만한 것도 아니었다. 그런 식의 놀림은 늘 있어왔고 정훈이도 과하게 반응하지 않았다. 그럴 때마다 아이들에게 주의를 주고 타일렀다. 그러면 아이들은 언제 그랬냐는 듯 헤헤거리며 정훈이 얼굴을 쓰다듬고 먹던 바나나도 나누어주었다. 하지만 나는 해고되었고 여느 때처럼 그 사실을 받아들였다. 마땅히 당할 것을 당했다는 생각도 들었다. 꿈만 아니었다면 그 일을 돌이켜서 생각하지 않았을 것이다. 상상블록방에서 해고된 후 한동안 보이지 않던 혓바닥이 꿈에 다시 등장했다. 며칠 동안 연달아 같은 꿈을 꾸었다. 스산한 공터였다. 주변으로는 높은 공장 굴뚝들이 보였다. 바닥에는 달빛을 받아 기묘하게 반짝이는 블록이 널려 있거나 산더미처럼 쌓여 있었다. 이 많은 걸 언제 치우나. 꿈속에서도 나는 사장 눈치를 보는 아르바이트생이었다. 바닥에 널린 블록은 치워도 치워도 끝이 없었다. 겨우 블록 더미가 있는 곳까지 갔다. 가까이서 본 블록 더미는 어디서 많이 본 듯했다. 손이 닿자 블록이 와르르 무너져 내리고 뭔가가 쏟아져 나왔다. 돼지 목살처럼 두툼하고 축축했다. 손바닥에 전달되는 낯익은 온기. 혀였다. 혀에는 미세하게 뿌리들이 달려 있었다. 나는 그게 사라진 아버지의 혀일지도 모른다고 생각했다.

　해고를 당할 만큼 잘못한 게 무엇이었을까. 아르바이트생 셋 중에 왜 하필 내가 해고되었는지도 생각하면 할수록 알 수 없었다. 자초지종을 추궁하는 엄마와 사장한테 정훈이는 더듬더듬 '연주 선생님'이라고 말했다.

　연주 선생님이 뭐 어쨌는데?

　엄마의 높아진 언성에 정훈이는 울음을 터뜨렸다. 마침내 정훈이 엄마는 CCTV까지 확인하고 돌아갔다. 사장은 우리를 쏘아봤다. 각자 담당할 아이들이 지정되어 있는 게 아니어서 딱히 누구의 잘못이라고 말할 수 없었다. 그래도 우리 중 누군가가 희생해야 한다는 걸 예감하고 조용히 뒷정리를 했다. 설마 내가 해고당하리라고는 생각하지 않았다. 정훈이가 엄마에게 나에 대해서 안 좋게 이야기하지는 않았을 것이라는 확신이 있었다. 평소에 정훈이가 나를 잘 따랐다는 게 그 근거였다. 걸리는 게 있다면 사진을 찍은 행위였다. 혀 꿈을 꾸고 깨어났을 때 머릿속에 남은 잔상은 엉뚱하게도 블록으로 덮여 있던 정훈이의 모습이었다.

사진 속의 정훈이는 블록에 덮여 거의 보이지 않았다. 근무 중에는 휴대전화를 소지할 수 없었다. 그날은 아버지 기일이라 퇴근하는 대로 집으로 갈 참이었다. 주말이라 차표가 매진되었고 여분 표를 구하느라 사장 몰래 틈틈이 휴대전화를 확인하고 있었다. 해고당했다는 연락을 받고 크게 놀라지 않은 것도 이런 내 행동에 대한 일말의 가책이 있었기 때문이다. 하지만 사장은 끝내 나의 휴대전화 사용을 문제 삼지 않았다. 다행히 CCTV에 찍히지도 않았다. 아이들의 키득거림에 뒤를 돌아보니 정훈이가 사라지고 대신 봉분이 하나 봉긋하게 솟아 있었다. 나는 본능적으로 셔터를 눌렀다. 그러고 나서 다가가 블록을 헤치고 정훈이를 들어 올렸다. 이마에 긁힌 자국이 선명했다. 게다가 바지까지 축축했다.

3

콜이 폭주했다. 열 건 중 여덟 건은 에어컨 고장 신고였다. 연일 30도를 웃도는 날씨가 보름 동안 이어지고 있었다. 어제부터 조짐을 보이던 두통이 심해졌다. 몸도 으슬으슬 떨렸다. 가방에서 카디건을 꺼내 입었다. 하필이면 에어컨 바람이 정면으로 불어오는 곳에 내 자리가 있었다. 여보세요? 또 그 남자였다. 주변을 살폈다. 다들 고객을 응대하느라고 바빴다. 망설이다가 슬쩍 종료 버튼을 눌렀다. 바로 통화대기에 불이 들어왔다. 잠자코 전화가 끊어지기를 기다렸다. 남자는 집요했다. 여보세요? 반갑습니다. 서비스센터입니다. 무엇을 도와드릴까요? 왜 전화를 그냥 끊으셔요! 연결 상태가 고르지 않은 점 사과드립니다, 고객님. 부글거리는 속을 꾹 누르고 평소처럼 상냥한 톤으로 말했다. 에어컨 말이요. 에어컨 말이십니까? 그래요. 에어컨에서 찬 바람이 안 나옵니다. 그때 콧속이 간질거리며 재채기가 연속으로 나왔다. 간신히 추스르고 목소리를 가다듬었다. 죄송합니다. 에어컨이 스탠드용입니까, 벽걸이용입니까? 약국에서 지르텍 사 먹으셔요. 그거 직방이에요. 벽걸이용입니까? 나는 남자의 말을 무시하고 물었다. 지르텍 그거 좋아요. 듣고 있어요? 네, 고객님. 말씀하세요. 왜 내

말을 안 들으세요? 듣고 있습니다, 고객님. 근데 에어컨이
요. 에어컨. 네, 고객님. 가지고 계신 에어컨 모델을 말씀해
주세요. 모델? 에어컨이라니까. 남자의 목소리가 살짝 높
아졌다. 그러니까, 그 에어컨 생김새가 어떤 모양인지 말
씀해주세요. 네모 번듯하게 잘생겼지. 생긴 건 아주 잘났
어. 근데 시원하지가 않아. 뒷골이 땅겼다. 에어컨 측면, 그
러니까 에어컨 옆을 잘 살펴보시면 고유 번호가 있습니다.
그걸 불러주시겠어요? 고유 번호라… AF25FV. 그제야 알
아들었다는 듯 남자가 모델명을 불렀다. 확인 감사합니다.
AF25FV는 올 초에 출시된 스탠드형으로 요즘 제일 잘나
가는 제품이었다. 찬 바람이 어떻게 안 나옵니까? 전원이
들어왔는지 확인해보셨습니까? 잠깐만요. 코드가 뽑혀 있
습니다. 나옵니다. 찬 바람이 나와요. 나오네요. 수고하셔
요. 남자가 전화를 끊었다. 이런 쌍. 남자의 혀를 뽑아버리
고 싶었다.

4

아버지의 혀가 없다는 말은 장례 지도사로부터 들었다.
아버지를 마지막으로 떠나보내기 위해 아침 일찍 가족들

이 안치실에 모였다. 언니는 엄마의 손을 두 손으로 부여잡고 있었다. 서랍장 같은 냉동고 앞에서 묵념을 올리고 아버지를 불렀다. 장례 지도사가 가볍게 묵례를 하고 서랍을 열 듯 냉동고 손잡이를 잡아당겼다. 아버지의 시신이 끌려 나왔다. 잠든 모습이었다. 시신이 입관실로 옮겨지고 우리는 유리 벽 너머로 돌아왔다. 의식이 진행되는 동안 엄마와 언니는 오열했다. 나는 눈물이 나오지 않았다. 아무런 생각도 들지 않았다. 장례 지도사의 손길을 따라 아버지의 몸을 눈으로 훑었다. 염이 끝나고 마지막 인사를 하기 위해 유리 벽 너머로 건너갔다. 알코올 냄새가 진동했다. 가까이서 들여다본 아버지의 얼굴은 평온하지 않았다. 화장으로도 감출 수 없는 노기가 가득했다. 입술이 눌리도록 꽉 다문 입이 무서웠다. 뺨에 손바닥을 댔다. 섬뜩한 냉기가 올라왔다. 일그러진 입매를 손가락으로 어루만졌다. 그때였다. 혓바닥이 없습니다. 한 발짝 물러나서 지켜보고 있던 장례 지도사가 내 소매를 잡아끌더니 귀에다 대고 속삭였다. 흐느끼는 엄마를 의식해서 일부러 그러는 거 같았다. 나는 눈빛으로 그게 무슨 소리냐고 물었다. 아무리 들여다봐도 없어요. 장례 지도사는 엄마를 힐끗거리며 내 귀에 대고 말했다. 나는 아버지의 입으로 손을 가져갔다. 이미 늦었습니다. 통곡하던 엄마가 울음을 멈추고 다가왔다.

네 아버지 얼굴이 왜 이러니?

얼굴이 왜?

네 아버지 이렇게 무서운 사람 아닌데. 이상해. 왜 마지막까지 이런 모습이니?

편안한 표정인데 뭐.

이게 편안한 얼굴이라고?

엄마가 언성을 높였다. 언니가 엄마를 데리고 유리 벽 너머로 갔다. 그럴 수가 있나요? 그러게요. 저도 20년 가까이 이 일을 하면서 처음 겪는 일이라. 믿지 않으시겠지만 진짜 없습니다. 돋보기까지 들이대고 들여다봤는걸요. 장례 지도사가 혀를 찼다. 부검은 생각해본 적도 없었다. 언니가 조심스럽게 부검 이야기를 꺼냈을 때 엄마는 절대로 못 한다고, 왜 두 번 죽이냐고 악을 썼다. 나도 같은 생각이었다. 스스로 목숨을 끊었다는 명확한 물증과 정황이 있는데, 부검 운운하는 언니가 정신 나간 것처럼 보였다. 굴뚝에서 내려온 지 보름 만에 아버지는 수면제를 한꺼번에 털어 넣었다. 약봉지에 미안하고 사랑한다는 말 한마디를 휘갈겨놓았다. 그동안 잠이 안 온다고 사 모은 것들이었다. 약봉지 귀퉁이에는 낙서 같은 그림이 그려져 있었다. 페트병을 잘라 만든 화분에서 자라나는 식물 그림이었다. 가늘고 긴 줄기에는 작은 잎이 달려 있었다. 굴뚝 위에서 키우던 거였다. 아버지는 도시락 바구니에 참외가 딸려 올라온 걸 보고 무척 좋아했다. 맛있게 잘 먹고는 배가 아팠다. 똥 속에 박힌 참외씨를 꺼내 페트병을 잘라 만든 화분에 심었다. 굴뚝에서 내려온 아버지는 말수가 줄었다. 한동안은 어지럽다고 잠만 잤다. 구역질이 난다고 밥도 안 먹었다. 누가 챙기지 않으면 종일 잠만 잤다. 그 험한 곳에서 오래 있었으니 두 다리 뻗고 실컷 자게 내버려두라고, 엄마는 일부러 아버지를 깨우지 못하게 했다. 그러고는 잔뜩 오그린 다리를 가만가만 잡아당겨서 펴주었다. 얼마 못 가 아버지는 도로 오그린 자세로 돌아갔다.

아버지가 굴뚝에 올라간 사실은 인터넷에 뜬 기사를 통해 알았다. 그때도 아르바이트 중이었다. 휴학을 하고 학교 앞 잡화점에서 종일 일을 했다. 화장품을 두고 왔다며 길 건너 롯데리아로 가져다 달라는 민원에 시달린 지 얼마 안 돼 또 다른 진상 고객을 막 보낸 후였다. 폼클렌징을 찾기에 클렌징폼을 추천해줬더니 그거 말고 폼클렌징이란다. 하도 우겨대기에 진짜 다른 거였나 싶어 동료 직원에게 물었다가 그거 똑같은 거잖아요, 하고 개망신만 당했다. 그 여자가 아니어도 종일 진상 고객은 넘쳐났다. 고객 앞에서는 지킬 박사로, 돌아서면 하이드로 변했다. 아르바이트해서 돈이 모이면 등록을 하고 새 학기가 되면 또 휴학을 하고 아르바이트를 하는 생활을 반복하고 있었다. 졸업은 먼 날의 꿈이었다. 막상 졸업을 한다 해도 앞길이 막막했다. 언제까지 아르바이트만 하며 살 수는 없었다. 취업 준비는 엄두도 못 냈다. 주변을 둘러보면 대체로 그러고 살았다. 그나마 그 사실이 위안이 되었다.

진상 고객을 간신히 돌려보내고 화장실 변기에 앉아 휴대전화를 보고 있었다. 오성전자 해고 노동자 김진만 씨가 굴뚝 농성을 시작했다는 기사가 눈에 들어왔다. 회사의 부당한 해고를 세상에 알리기 위해 아버지보다 먼저 굴뚝에 오르거나 몸에 불을 댕긴 사람들이 있었다. 해고당한 아버지는 아예 집에 들어오지 않았다. 공장 인근에서 천막을 치고 생활했다. 누군가가 목숨을 버렸다는 소식이 들려올 적마다 나는 휴대전화를 멀리했다. 그리고 마침내 휴대전화 속에서 아버지의 이름을 만났다. 아버지는 75미터 굴뚝 위에서 90일을 버텼다. 90일 동안 우리는 아버지에게 이제 그만 내려오라는 말을 단 한 번도 하지 못했다. 아버지는 굴뚝 위의 세상과 그곳에서 바라다보이는 세계를 휴대전화에 담아 우리에게 전송했다. 그러니까 아버지는 우리 곁에 부재했던 게 아니다. 우리 역시 굴뚝에 오르지 않았던 게 아니다. 우리는 굴뚝에 오르지 않았지만 굴뚝 위의 세상에 익숙했다.

굴뚝 위에서는 아침이 일찍 왔다. 함께 잔 바람이 아버지를 깨웠다. 아버지는 머리맡에 둔 생수병을 더듬어 물한 모금을 마시고 일어나 천막 밖으로 나왔다. 하늘을 올려다보고 먼 곳을 내려다보며 체조를 했다. 헛둘헛둘. 구령도 제법 붙었다. 천막 주변을 돌기 시작했다. 천천히 굴뚝을 맴돌았다. 서른둘, 서른셋… 백스물하나…. 구령이 백을넘어 이백으로 치달았다. 일정한 속도를 유지하며 돌고 또돌았다. 숨도 차지 않은 목소리였다. 나는 거기서 동영상을 꺼버렸다. 이백 번을 돌았으면 숨이 차야 하는 거 아니야. 왜 아무렇지도 않은데. 굴뚝 바닥에 탄력 좋은 우레탄이 깔려 있기라도 한 건가. 괜히 화가 났다.

조합원들이 번갈아가며 굴뚝에 올려 보낼 도시락을 준비했다. 엄마는 마트로 출근을 하고 미용실에서 보조로 일하는 언니도 아침 일찍 나갔다. 나도 아르바이트를 빠질수 없었다. 아버지는 지상에서 올라오는 도시락을 밥풀 한톨 안 남기고 다 먹었다. 주둥이를 동여맨 까만 비닐봉지가 도시락이 올라왔던 바구니에 담겨 내려갔다. 아버지가생리 현상을 처리한 결과물이었다. 굴뚝 위의 하루는 길고지루했다. 아버지는 천막 안에서 책을 보다가 하품이 나면밖으로 나와 하늘을 올려다봤다. 쪼그리고 앉아 페트병 화분을 오래 들여다봤다. 새싹이 나올 기미도 없는 반 토막

난 페트병에 아껴 먹는 생수를 넉넉히 부어준 뒤 이리 돌려보고 저리 돌려봤다. 햇빛을 따라 화분을 이리 옮기고 저리 옮겼다. 그리고 수시로 몸을 일으켜 느리게 동그라미를 그렸다. 시계 방향으로 열 바퀴. 덜컥. 반대 방향으로 열 바퀴. 덜컥. 아무것도 없는 콘크리트 바닥인데 자주 휘청거렸다. 아버지는 입이 없는 사람 같았다.

아버지는 해고된 사람들의 복직을 요구했다. 회사 측과의 대화는 번번이 무산되었다. 농성이 길어지자 회사 측에서는 2차 해고 통보를 했다. 아버지를 지지하던 층 중에 등을 돌리는 사람들이 생겼다. 당장 끼니를 걱정해야 하는 사람들끼리 옳고 그름을 가르는 일은 또 하나의 굴뚝에 오르는 일이었다. 아버지의 입지는 점점 좁아졌다. 희생을 각오하고 결단을 내려 올라간 굴뚝이었다. 누구를 위한 희생이고 결단인가. 굴뚝 아래에서는 종일 입씨름이 이어졌다. 적막한 굴뚝 위에서 아버지는 다 듣고 있었다. 저들의 분노와 외침과 배신을 고스란히 발바닥에 실어 그 옹색하고 위험한 콘크리트 위를 숨소리조차 삼킨 채 돌고 돌았다. 협상이 결렬되고 막말이 오갔다. 그 책임을 굴뚝 위로 던졌다. 아버지는 참외씨 화분 앞에서 뜬눈으로 밤을 지새웠다. 며칠 전부터 나오기 시작한 새싹이 가늘고 여린 줄기를 막 뽑아내고 있던 참이었다. 달빛 아래 아버지가 본 것은 무엇이었을까. 어둠 속에서 지키려고 한 것이 참외씨 말고 또 무엇이었는지, 굴뚝을 내려온 아버지에게 물어보려 했다. 날이 밝자 아버지는 굴뚝에서 내려가겠다는 뜻을 밝혔다. 참외씨 화분을 남겨둔 채 아슬아슬한 허공을 딛고 땅 위로 내려섰다. 지상에 발을 딛자마자 기다리고 있던 경찰차에 태워졌다. 업무방해와 건물무단침입이 이유였다. 다행히 구속영장은 기각되었고 아버지는 벌금형을 받고 풀려났다. 얼마 후 회사 측에서는 중장비를 동원해 굴뚝으로 올라가는 철제 사다리를 두 동강 냈다. 그 시간 아버지는 몸을 한껏 웅크린 채 영원히 깨어나지 않을 잠을 자고 있었다.

장례를 치르고 돌아오는 차 안에서 꿈을 꾸었다. 아버지는 화단에 나무를 심고 있었다. 잔뿌리가 실한 꽃나무였다. 나는 아버지를 도와 땅도 파고 흙도 다졌다. 일을 마치고 마주 선 채 물을 마시는데 아버지의 입이 이상했다. 시커멓게 깊은 구멍이었다. 아버지는 그 속으로 생수를 콸콸 쏟아부었다. 혀가 없었다. 구멍은 점점 커졌다. 나중에는 얼굴 전체가 구멍으로 변했다. 놀라서 뒷걸음질하는데 뭔가가 밟혔다. 말캉거리는 그것은 붉은색 혀였다. 꿈속에서도 나는 그것이 아버지의 입속에서 나온 것임을 알아차렸다. 이후에도 혀는 종종 꿈에 나타났다. 하나의 혀가 나오기도 하고 무더기로 보이기도 했다. 그것들은 입안에 있지 않았고 몸속 장기 사이에 눌려 있거나 몸 밖에 있었다. 더러는 무덤으로 존재하기도 했다. 혀들의 무덤에서는 잡초 하나 나지 않았다. 바싹 말라비틀어지고 까맣게 갈라진 혀들은 고약한 냄새를 피웠다. 잘리고 뽑힌 혀들이 밤마다 나를 찾아왔다. 잠에서 깨면 습관처럼 입안부터 더듬었다.

5

비염 증상은 호전되지 않았다. 에어컨 바람을 피하는 게 상책이지만 현실상 불가능했다. 목에 스카프를 두르고 무릎에 담요를 덮었다. 가뜩이나 목소리가 잠겨 나오지 않는데 콜은 쉴 새 없이 들어왔다. 게다가 남자는 10분 간격으로 계속 전화를 해댔다. 에어컨에 이어 텔레비전, 청소기, 밥솥, 휴대전화까지 집에 있는 전자제품이란 전자제품은 다 들먹거렸다. 남자는 S사 제품만 쓰는 모양이었다. 여보세요? 뭐라고요? 오늘따라 남자는 더 말이 많았다. 그래서요? 고객님, 잘 안 들리세요? 세탁기가 안 돌아갑니다. 또 시작이군. 벌써부터 맥이 풀렸다. 나는 전장에 나가는 장수처럼 의기를 다졌다. 세탁기 말씀이십니까? 그게 돌아가다

안 돌아가다 그러네요. 도대체 남자의 집에는 세탁기가 몇 대란 말인가. 어떻게 안 된다는 말씀이십니까? 세탁이 안 된다는 말씀이십니까? 세탁이 되긴 돼요. 근데 돌아가는 폼이 영 시원찮아요. 고객님, 그러니까 세탁이 되긴 한다는 말씀이시지요? 네. 그럼, 탈수가 안 됩니까? 탈수요? 네, 고객님. 목이 따갑고 간지러웠다. 재채기가 나올 조짐이었다. 옆자리의 김은 어제 진상 고객을 조진다고 먼저 전화를 끊었다가 클레임이 들어왔다. 제대로 걸린 모양이었다. 팀장이 대신 사과를 하고 김이 직접 전화를 걸어 또 사과를 하고 나서야 간신히 진정이 되었다. 재채기가 막 터질 것 같았다. 그러기 전에 상담을 종료해야 했다. 고객님, 세탁기 서비스 접수를 도와드리겠습니다. 세탁기 모델명을 살펴봐주시겠습니까? 야, 야, 누가 맘대로 서비스 접수를 해달라고 했어! 세탁기가 이상하다고 했지! 남자가 갑자기 큰 소리로 외쳤다. 뜻밖이었다. 그동안의 소극적인 태도와는 전혀 다른 반응이었다. 먼저 세탁기 작동이 잘 안 된다고 하셨잖아요! 나도 모르게 목소리 톤이 올라갔다. 뭐라고? 왜 반말이세요? 그쪽에서 먼저 시비를 걸었잖아요! 그리고 허구한 날 말도 안 되는 것 가지고 전화하지 말아요! 여기가 심심풀이 놀이방인 줄 아는 모양인데 할 일 없으면 잠이나 자든가! 야! 너 지금 말 다 했어? 나는 전화를 끊었다. 동시에 재채기가 터졌다. 손바닥으로 입을 틀어막고 나오는 재채기를 삼켰다. 끅끅. 목에서 돼지 울음소리가 났다. 코에서는 콧물이 흘렀다. 한 손으로 코를 닦고 다른 한 손으로는 입을 틀어막고 하는 사이 콜이 계속 울렸다. 남자는 클레임을 걸 게 분명했다. 지금 전화를 받아봤자 욕만 잔뜩 퍼부을 것이었다. 이래저래 잘릴 것이다. 이유 없이도 해고되는 세상인데. 전화는 계속 울렸고 나는 받지 않았다. 재채기 때문인지, 콧물 때문인지, 남자의 욕설 때문인지 가늠할 수 없었다. 지금 당장 해야 할 일은 오로지 하나밖에 없었다. 에어컨을 끄거나 이곳을 뛰쳐나가거나.

남자는 클레임을 걸지 않았다. 아무 일도 없었다는 듯 여전히 전화를 걸어왔다. 이제는 상담원 연결을 누르지 않고 세부적인 버튼을 눌렀다. 2번 텔레비전, 3번 냉장고, 4번 세탁기, 5번 전자레인지 및 청소기. 담당 직원을 차례로 호출했다. 김과 윤도 남자의 전화를 받았다. 전화는 며칠 동안 반복적으로 이어졌다. 남자의 기이한 행적은 직원들 사이에 금세 퍼졌다. 팀장의 귀에도 들어갔다.

고객님, 필요한 업무가 아니시면 전화를 자제해주시기 바랍니다. 업무에 방해가 됩니다. 계속 이런 식으로 전화를 하시면 업무방해죄로 처벌받으실 수 있습니다.

팀장은 남자에게 정중하고 단호하게 말했다. 남자는 침

묵하다가 전화를 끊었다. 남자의 전화는 더 이상 오지 않았다. 여름은 길고 더디게 갔다. 덕분에 나는 약과 휴지를 달고 살았다. 약을 먹어도 그때뿐이었다. 날씨 탓인지 진상 고객은 더 늘었다. 하지만 대수롭지 않게 대응했다. 그만큼 그 일에 이력이 났다. 온도가 내려가고 에어컨 가동을 하지 않게 되자 살 것만 같았다. 아무리 속을 긁는 진상 고객도 얼마든지 응대할 수 있었다. 그러나 그것도 잠시였다. 찬 바람이 불기 시작하자 알레르기가 다시 도졌다. 통장의 잔고는 크게 나아지지 않았다. 복학은 엄두도 내지 못했다. 스물넷 내 인생은 처음부터 잘못 설계된 거 같았다. 아니면 고장이 났다거나. 가전제품을 AS해주듯 내 인생을 수리해줄 서비스센터가 있다면 얼마나 좋을까, 하는 부질없는 사념에 싸여 있다가 정신을 차리고 아르바이트를 하나 더 구했다. 그 방법밖에 없었다. 콜센터 아르바이트가 끝나면 집 근처 편의점에서 새벽까지 또 일을 했다. 그곳에서 그 '셔' 발음의 남자를 만났다. 남자는 나와 같은 동네에 살고 있었다.

남자는 저녁 8시쯤 편의점에 왔다. 매번 컵라면과 소주한 병을 샀다. 남자는 인사를 잘했다. 안녕하셔요, 하고 허리를 90도로 숙였다. 어딘지 모르게 익숙한 느낌에 다시 살폈다. 중간 정도의 키와 체구에 허름한 차림의 그는 길거리에서 쉽게 마주치는 흔한 인상의 중년 남성이었다. 계산을 마치고 안녕히 계셔요, 하고 돌아서는 남자를 불러 세울 뻔했다. 수도 없이 들어온 그 목소리였다. 나는 편의점 문밖까지 나와 남자가 어디로 가는지 살폈다. 남자는 편의점 바로 건너편에 있는 고시원으로 들어갔다. 낡고 허름한 건물이었다. 그럴 리가. 세상에 사람이 얼마나 많은데. 다음 날 콜센터에서 남자의 전화를 기다렸다. 전화는 오지 않았고 확인할 기회가 없었다. 저녁이면 남자는 어김없이 컵라면과 소주를 샀고 '셔' 발음으로 인사를 깍듯하게 했다. 공손히 인사를 하고 나가는 남자 등에 바코드 스캐너를 대보고 싶었다. 분명히 그 남자가 맞았다. 고시원에서 남자가 쓰는 가전제품이 고장이 난다? 그걸 다 남자가 서비스센터에 신고한다? 고시원 주인? 그런 거 같지는 않았다. 그렇다 하더라도 말도 안 되게 횡설수설하던 신고 접수 내용이 수상쩍었다.

약국에서 지르텍 사 먹어요. 재채기 잡는 덴 최고예요.

재채기를 연속으로 해대며 쩔쩔매자 남자가 한마디 했다. 남자는 매번 호주머니에서 지폐와 동전을 꺼내 계산했다.

학생인가 본데 공부는 언제 해요? 그거 꼭 사 먹어요.

남자는 올 적마다 약 사 먹었느냐고 알은체를 했다. 아무리 봐도 멀쩡한 사람이었다. 무슨 이유로 그런 행동을 하는 건지 물어보고 싶었지만 내 정체를 드러내고 싶지 않았다. 그 사이 나는 내가 쓰고 있는 냉장고가 오래전에 부도난 D사 제품이라는 것과 45리터 용량에 5등급의 꽤 낮은 에너지 효율을 가지고 있다는 사실을 알았다.

분주하던 발길이 새벽 3시가 되어서야 끊겼다. 고개를 꺾어 건너편 골목을 살폈다. 가로등 불빛이 노랗게 고여 있었다. 냉장고에서 소주 한 병을 꺼내 들고 편의점을 나섰다. 건너편 고시원 건물 앞으로 다가갔다.

콜센터에 다시 남자의 전화가 걸려온 것은 기온이 뚝 떨어진 어느 주말 오후였다. 남자는 그동안 자기 전화를 다 받아주어서 고맙다는 말을 하고 끊었다. 아무런 가전제품도 거론하지 않았다. 예감이 이상했다. 내 신고를 받은 경찰이 고시원에 들이닥쳤을 때 남자는 이미 투신을 하고 난 직후였다. 냉장고는 물론 창문도 없는 남자의 방에는 작은 간이침대 하나만 있었다. 침대 위에는 S사 카탈로그와 휴대전화가 놓여 있었다. 건물 철거를 알리는 붉은색 문구가 적힌 안내판이 방문마다 붙어 있었다.

그 일이 있은 후 나는 한동안 이 앞으로 다니지 않았다. 남자의 '셔' 발음이 머릿속에서 지워지지 않았다. 입을 동

그렇게 모으고 최소한의 혀 동작으로 공손하게 내는 소리. 그것은 견고하게 닫힌 문을 끊임없이 두드리는 누군가의 굼뜬 동작으로 내 기억 속에 남았다. 존재를 알리는 간절한 신호였다. 그마저도 소리 낼 수 없는 경우를 남자는 수도 없이 생각했을 터였다. 더 이상 수리할 수 없는 가전제품은 누군가에 의해 끌어내어지고 폐기 처분되는 게 순서라는 걸 악몽처럼 떠올렸을지도 몰랐다. 천천히 건물을 올려다봤다. 철거용 방진 천막이 둘러쳐진 건물은 꿈에서 본 굴뚝 같았다. 흩어진 쓰레기들을 발로 훑으며 건물 뒤쪽으로 갔다. 길고양이 한 마리가 후다닥 사라졌다. 나는 건물을 마주 보고 앉아 소주를 마셨다. 남자가 알려준 알레르기 약을 사 먹은 후 재채기가 거짓말처럼 사라졌다. 휴대전화 카메라를 허공으로 치켜들었다. 천막을 뒤집어쓴 고시원 건물이 프레임 안으로 들어왔다. 아버지는 이 시간에 굴뚝에 올랐다. 손전등을 입에 물고 아득한 철제 계단을 하나하나 밟아 올라갔다. 그때 이미 혀뿌리가 뽑히고 있었다. 휴대전화를 치켜든 채 옆으로 서서히 이동시켰다. 고시원 건물이 빠져나간 자리에 어둑한 야경이 스몄다. 블록에 덮인 정훈이의 모습도 지나갔다. 담을 수 없는 속도와 깊이로 스쳐 갔다. 셔터 대신 전화번호를 눌렀다. 내가 일하는 서비스센터 번호였다. 신호와 함께 지금은 업무 시간이 아니라는 멘트가 흘러나왔다. 반복해서 전화번호를 눌렀다. 같은 멘트가 이어지다가 인기척이 났다.

여보셔요?

저기, 냉장고 수명이 어떻게 되나요?

누구셔요?

24년이 넘었는데 수리할 수 없나요? 버려야 하나요?

여보셔요?

혀 짧은 발음이 귓전을 울렸다. 휴대전화를 귀에 댄 채 일어나 남은 소주를 건물 주변에 뿌렸다. 걸을 적마다 발밑에 미끄덩거리는 게 밟혔다. 남자의 혀일지도 모른다고 생각하다가, 이렇게 많은 혀를 가진 사람은 이 세상에 존재하지 않는다고 고개를 젓다가, 편의점 가판대에서 혀 비슷한 형상을 본 것 같다고 중얼거리다가 중심을 잃고 미끄러졌다. 여보셔요. 휴대전화를 놓친 손에 물컹거리는 물체가 잡혔다. 낯익은 온기였다.

궁극의 리스트

신문에 실린 방 안 사진은 한 컷의 만화 같았다. 희주가 그린 만화 속에도 저 비슷한 컷이 수도 없이 등장했다. 만화 속 엄마는 웃지 않았다. 반쯤 감긴 내 눈동자에서 생기라곤 찾을 수 없었다. 희주는 단지 만화를 그리고 싶었지, 우리의 비밀을 폭로할 생각은 아니었다. 이제 세상에 우리의 이야기가 알려졌다. 그만 온 나라에 우리 집 풍경이 만화처럼 읽히고 말았다. 엄마는 낡은 침대에서, 나 역시 오래된 매트리스 위에서, 희주는 나와 엄마 사이, 그 깊고 푸른 길 위에서 죽었다. 어느 이른 봄 우리는 한 컷 만화가 되었다. 재미있지도 슬프지도 않은 그저 그런 만화로 남았다.

목숨을 가진 그 무엇이 그렇듯 우리도 만화가 될 생각은 없었다. 그러고 보니 우리에게도 목숨이라는 게 있었던 적이 있다. 목숨. 그 푸르고 싱싱한 이름. 우리에게도 그런 때가 있었다. 그것과 너무 빨리 친해진 게 오류였다. 오래 사귄 친구처럼 방심하고 허투루 대한 게 잘못이었다. 비극은 거기서 시작되었다. 우리가 목숨을 세끼 밥보다 먼저 알아버린 건 뭐 그리 대단한 일도 아니었다. 우리에게는 따끈한 밥보다 목숨이 더 밥 같았으니까. 피 뚝뚝 떨어지는 그것을 날로도 먹고 버무려서도 먹고 굽고 지지고 튀겨서 먹었다. 흰쌀밥이 되고 삼겹살이 되고 청국장이 되어 꾸역꾸역 우리 몸속으로 처넣어진 게 목숨이라는 걸 알고 우리는 서로 어깨를 부둥켜안고 벌벌 떨었다. 허구한 날 목숨을 잡아먹었으니 우리 목숨은 어찌 되는고. 엄마가 꼬질꼬질한 치맛자락을 뒤집어 내 눈물을 닦아주고 코를 팽 풀었다. 부엌에서는 또 다른 목숨이 냄새를 피우며 죽어가고 있던 축축한 저녁이었다.

재미있어?
희주가 물었다.
재미있냐고?
나는 눈을 감았다 떴다.
오늘은 여기까지.

희주가 들고 있던 노트를 내려놓고 천장을 보고 누웠다.

다음이 기대되지 않아? 그렇지? 기대되지?

희주는 쉴 새 없이 떠들었다. 요즘 부쩍 말이 많아졌다. 이러니저러니 묻는 것도 늘었다. 내가 할 수 있는 답은 눈을 깜빡거리는 것뿐인데 다양한 대답을 요구했다. 재미있냐. 어디가 어떻게 재미있는데. 캐릭터가 마음에 드느냐. 어딜 고치면 좋겠냐. 끝이 예상되느냐. 순전히 만화 이야기뿐이었다. 기저귀 좀 갈아줬으면 좋겠는데. 축축해 죽겠는데 만화 이야기만 쫑알거렸다. 나는 그때마다 최선을 다해 대답을 해주었다. 껌뻑 혹은 깜빡. 뭐라고? 좋다는 거야, 나쁘다는 거야. 희주는 입을 삐죽거리며 방을 홱 나갔다. 창밖으로 차가 지나갔다. 첫 멜로가 성공하느냐, 그렇지 않으냐의 여부는 순전히 내 눈까풀에 달렸다. 우리 집에서 내 눈까풀은 위대하고 냉철하며 두려운 무엇이었다. 엄마도 눈을 뜨면 제일 먼저 내 눈까풀을 살폈다. 손으로 이마를 짚어보고 발바닥의 온기를 만져보기 전에 눈까풀 가까이 얼굴을 갖다 대곤 뭐라고 속삭였다. 입술을 아주 조금 움직여 알 수 없는 소리를 냈다. _쓰쓰쓰 스스스 쓰쓰쓰._ 주문을 외는 듯도 했고 욕을 퍼붓는 것도 같았다. 엄마를 뚫어져라 쳐다봤다. 천년 묵은 구렁이가 산다는 저수지 수면이 저럴 거야. 소리도 표정도 둘 다 능욕의 언어였다. 살아도 산 게 아니야. 엄마는 꽁치를 뒤집으며 중얼거렸다. 마치 꽁치에게 푸념을 하는 것처럼 보였다. 꽁치가 오래된 친구인 양 정답고 쓸쓸한 목소리였다. 내 입에 하얀 살을 발라주면서 맛있어? 눈까풀에 대고 물었다. 먹어도 먹는 게 아니야. 나는 눈을 길게 두 번 깜빡거렸다. 잘 먹네. 엄마가 대가리와 가시만 남은 꽁치를 입으로 가져갔다. 잠깐 꽁치와 눈이 마주쳤다. 하염없이 긴 정적이 흘렀다. 텅 빈 눈동자는 익숙한 언어를 담고 있었다. 너무 가까이 있어서 차마 소리 내 발음하지 못하는, 영영 보지 말아야 할 걸 보고 말았다. 나는 눈을 질끈 감아버렸다.

엄마가 아침부터 무언가를 들여다보고 있었다. 구부정한 자세로 방바닥에 앉아 펼쳐진 생활정보지와 노란 종잇조각을 번갈아 노려봤다. 종잇조각은 단전을 알리는 경고장이었다. 한참을 그러고 있던 엄마가 종잇조각을 구겨 방구석으로 휙 던졌다. 그러고는 아무 일도 없다는 듯 생활정보지를 뒤적였다. 깁스를 한 오른손 대신 왼손으로 더디게 신문을 넘겼다. 손바닥만 한 신문을 두 시간도 넘게 들여다봤다. 걸레질 정도는 한 손으로도 얼마든지 할 수 있었다. 내 얼굴을 닦아주는 것도 그랬다. 설거지도, 마음만 먹으면 빨래나 목욕도 못 할 게 없었다. 다른 사람은 몰라도 엄마라면. 깁스를 하고 온 후부터 엄마는 일체 아무것도 하지 않았다. 아예 그러기로 작정한 사람처럼 행동했다.

엄마가 두 달간 휴가를 요청하자 식당 사장은 그날로 봉급을 계산해주었다. 그나마도 미리 당겨쓴 탓에 몇 푼 되지 않았다. 빙판길에서 넘어진 게 화근이었다. 골다공증이 있는 뼈는 정상으로 돌아오는 데 보통 사람보다 배가 걸렸다. 뼈가 다 붙어도 다시 식당 일을 하는 건 무리였다. 다른 일을 찾아야 했다. 엄마는 깁스한 팔을 한없이 못마땅해했다. 군식구라도 끌어들인 양 툴툴거렸다. 몹쓸 병을 얻어온 듯 눈초리엔 경멸이 가득 찼다. 깁스한 팔을 금방이라도 망치로 내려칠 것만 같았다. 그러곤 손에서 일을 놓았다. 일이 엄마 손에서 스스로 빠져나간 것인지도 몰랐다. 항시 쉬지 않고 일하는 엄마를 보면서 그런 생각을 한 적이 있었다. 일이 엄마를 쫓아다닌다고. 일이 엄마를 종 부리듯 한다고. 엄마는 그런 운명을 가지고 태어났나 보다고. 그래서 다행이라고. 미안하거나 측은한 마음도 없이, 뻔뻔하게 그런 생각이 떠올랐다. 그러니 일이 엄마를 배신하지 않고는 지금의 상태를 이해하기 힘들었다. '이해한다'처럼 무책임하고 눈치 없는 말이 또 있을까마는, 우리는 어느새 서로를 이해하지 않고는 단 하루도 살아가지 못하는 종족이 되어버렸다. 엄마는 마치 그 말에 반항이라도 하는 양

온몸에 깁스를 한 듯 누워만 지냈다. 나는 이해를 하는 것과 받아들이는 것 사이에서 제법 오래 서성이는 중이었다. 희주는 엄마 눈치를 보며 하지 않던 걸레질을 했다. 기저귀도 수시로 들여다봤다.

한 번 더 싸도 돼.

희주가 기저귀를 빼려던 손을 멈칫거렸다. 기저귀는 이미 푹 젖어 오줌이 배어 나올 지경이었다. 으레 그렇듯 나는 천장에 시선을 박은 채 모른 척했다.

이미 많이 싼 거 같은데.

희주가 중얼거렸다. 이번에는 엄마가 못 들은 척 돌아누웠다. 갑자기 돌변한 엄마의 태도를 희주가 눈치채지 못할 리 없었다. 엄마는 유별날 정도로 깔끔했다. 환자가 있으면 집 안에서 냄새가 난다며 나를 씻기는 일도 소홀히 하지 않았고, 없는 살림살이에도 집 안은 늘 말끔하게 정돈되어 있었다. 기저귀를 바로바로 갈지 않는다며 희주를 나무라던 엄마였다. 어찌할 바를 몰라 하던 희주가 다시 기저귀를 채우고 내 몸을 옆으로 돌려가며 바지를 올렸다. 이럴 땐 내 의지대로 할 수 없는 게 천만다행이었다. 통나무 굴리듯 내 몸을 다루는 손이 조금은 덜 무색해질 수 있으니까. 조금은 덜 미안해할 수 있으니까. 문제는 기저귀가 아니었다. 희주는, 아니 우리 모두는 그걸 알고 있었다. 엄마

가 굳이 그런 말을 하지 않아도 알아서 나는 오줌을 싸지
말아야 했으며 희주는 기저귀를 살피지 않았어야 한다. 그
게 우리식 예의였다. 돌아누운 엄마가 신문을 넘기는 소리
가 들렸다. 밑이 뜨뜻해졌다. 이 예의도 없는 인간. 나도 모
르게 미간이 찌푸려졌다.

싰지?

귀신같이 알아차린 희주가 얼른 내 바지를 내렸다.

그새 하나 벌었네.

희주가 김이 올라오는 기저귀를 빼 엄마 보란 듯 흔들었
다. 엄마는 돌아보지 않았다. 기저귀를 뺀 자리가 시원했
다. 희주는 기저귀를 채우지도 않고 바지를 올렸다. 기저귀
가 다 떨어진 모양이었다.

언니, 오줌 마려우면 말해. 이렇게.

희주가 눈을 두 번 깜빡거렸다.

그게 됐으면 여태 저러고 있겠냐?

엄마가 벌떡 일어나 장롱 서랍을 뒤졌다. 한 손으로 한
참을 뒤적인 끝에 뭔가를 꺼냈다. 엄마의 원피스였다. 오
랫동안 서랍 속에 처박혀 있던 원피스는 누렇게 바래 있
었다. 화장대 위에 늘 자리하던 액자가 있었다. 엄마가 방
바닥을 훔치던 걸레를 뒤집어 꼼꼼히 닦곤 하던 그 액자
속 사진에서 무수히 봐온 원피스였다. 허리가 잘록한 아이

47

보리 원피스는 목둘레와 소매 둘레에 달린 자잘한 레이스가 매력적이었다. 엄마는 거기가 제일로 마음에 든다고 했다. 그 원피스를 입고 결혼 10주년 기념사진을 찍었다. 당시 가구점 사장님이었던 아버지와 공주처럼 화관을 쓰고 한껏 멋을 부린 우리를 앞세우고 우아하게 포즈를 취했다. 엄마는 그 사진을 볼 때마다 생애 가장 비싼 옷이라며, 명동의 유명한 양장점에서 맞춘 거라고 자랑처럼 떠들곤 했다. 그러다가 장롱을 뒤져 원피스를 꺼내 들고는 거울 앞에서 이리저리 대보다 다시 고이 집어넣었다. 가끔 희주가 입어보겠다고 떼를 쓰면 못 이기는 척 입혀주고는 거울 앞에서 애를 이리저리 돌려가며 깔깔거렸다. 사진은 아버지가 죽고 나서도 한동안 그 자리에 있었다. 언제 어떻게 사라졌는지, 서로 묻고 답하지 않았다. 매양 그 자리에 사진이 존재하는 듯, 우리는 멈춰버린 시계의 태엽을 번갈아가며 몰래 감아놓곤 했다. 옹색한 화장대 위에서 사진이 사라져버린 자리는 늘 같은 크기로 비어 있었다. 아무도 그곳에 다른 물건을 놓지 않았다. 하물며 화장대 위를 아무렇게나 굴러다니는 실핀 하나도 그곳을 비켜갔다.

원피스를 펼쳐보던 엄마가 옷자락을 입으로 가져갔다. 왼손으로 원피스를 움켜쥐고 이로 레이스를 잡아 뜯기 시작했다. 워낙 꼼꼼히 박아놓은 터라 쉽지 않았다. 엄마는 잇새에 레이스를 단단히 밀어 넣고 질끈 미간을 찌푸렸다.
힘을 줄 적마다 북 하고 레이스가 뜯겨나갔다. 순식간에
목둘레의 레이스가 사라졌다. 긴팔이었으면 얼마나 좋아.
퉤. 엄마가 입가에 붙은 실밥을 떼어내며 중얼거렸다. 소매
둘레에 있는 레이스도 금방 떼어냈다. 떼어낸 곳에 허옇게
자리가 났다. 그다음은 희주 차례였다. 가위질을 할 수 없
는 엄마가 희주에게 총대를 메게 했다. 희주는 가위를 쥐
고 원피스를 펼쳐놓은 채 한동안 어찌할 바를 몰랐다. 이
예쁜 걸 어떻게 자르느냐는 눈치였다.

여기 요렇게 잘라.

보다 못한 엄마가 손가락으로 원피스 위에 선을 그렸다.
목선 중앙에서 시작해 밑단까지 한 번에 내리그었다. 그래
도 희주가 머뭇거리자 엄마가 가위를 빼앗았다. 왼손으로
하는 가위질은 쉽지 않았다. 에잇. 엄마가 가위를 내려놓고
왼손으로 옷자락을 움켜쥐더니 레이스 뜯어낼 때처럼 한
귀퉁이를 이로 꾹 물고는 힘껏 잡아당겼다. 북 하고 원피
스가 찢겼다. 엄마는 보자기처럼 벌어진 원피스를 펼쳐놓
고 그다음 찢을 곳을 가늠했다.

희주가 밥상을 들고 왔다. 엄마가 마지못해 일어나 앉았
다. 희주가 나를 부축해 앉혔다. 혼자 힘으로 감당하기에

벅찬 몸무게였다. 멀건 국물을 떠 입에 넣어주었다. 밍근한 간장 맛밖에 나지 않았다. 두 번을 더 받아먹었다.

안 먹어?

희주가 내 대답도 듣지 않고 숟가락을 바꿔 들었다. 나는 멀뚱멀뚱 밥상을 바라봤다. 또 김치 쪼가리와 수제비였다. 밥은 가끔 올라왔다. 희주는 고개도 들지 않고 수제비를 떠 넣었다. 대여섯 번의 숟가락질 끝에 국물만 남았다. 숟가락으로 국물을 휘휘 젓더니 내려놓았다. 엄마가 다가와 그 국물을 마셨다. 원샷. 빈 그릇을 내려놓고 입을 쓱 닦았다. 마치 막걸리라도 마시는 폼이었다. 차라리 막걸리였으면. 엄마도 그런 생각을 하는 듯 김치 쪼가리를 손으로 집어 먹었다. 엄마는 곧잘 밥 대신 막걸리 한잔으로 끼니를 때우곤 했다. 우리에게 생선을 구워주던 날에도 "난 이게 밥이야" 하며 막걸리를 맛나게 마시곤 노래를 불렀다. 노래는 막걸리가 바닥날 때까지 이어졌다. 어린 희주는 그런 엄마를 못마땅해했다.

엄만, 노래가 나와?

희주가 팩 성질을 냈다.

너도 한번 먹어볼래?

엄마가 눈을 흘기는 희주에게 막걸리를 권했다.

싫어!

희주가 돌아앉았다.

우리 공주가 왜 골이 났을까.

그럴 때 엄마는 엄마 같지 않기도 했고 가장 엄마답기도 했다. 엄마가 취해서 잠든 사이 희주가 남은 막걸리를 들고 왔다. 내 입에 한 번, 자기 입에 한 번. 결국에는 빈 사발만 남았다. 그날 밤 나는 눈을 희번덕이며 온몸을 비틀었다. 배가 고프면 밥을 먹어야지. 엄마는 희주 엉덩이를 사정없이 때렸다. 우리 집에서 배가 몹시 고프다는 건 변명 축에도 못 꼈다. 그건 항시 겪는 일이라 어떤 일의 핑계나 구실로서 당당하게 자리하지 못했다. '그 정도야', '그쯤 가지고' 하는 식이었다. 엄마가 그렇게 화를 낸 건 처음이었다. 한동안 집에서 막걸리를 볼 수 없었다.

희주가 상을 들고 나갔다. 일을 다 보고 들어오기 전까지는 누울 수가 없었다. 엄마는 한 손으로 나를 부축하지 못했다. 텔레비전도 꺼졌다. 엄마가 틀지 않자 눈치 빠른 희주도 관심 없는 척 돌아앉았다. 작은 화장대 앞에 쪼그리고 앉아 뭔가를 열심히 했다. 내가 볼 수 있는 건 희주의 마르고 강퍅한 등뿐이었다.

어느 날 희주가 종이 한 장을 보여주었다.

언니야.

순정 만화 속의 여주인공처럼 예쁘지는 않았지만 그 비

슷한 여자애가 웃고 있었다.

이런 거 그리지 마. 슬퍼.

나는 진심을 다해 말했다. 희주가 볼 수 있는 건 껌뻑거리는 눈까풀뿐이었다.

예쁘지?

학교를 그만둔 희주는 틀림없이 바보가 되어갔다. 아무 때나 헤죽헤죽 웃고 심지어 똥 싼 기저귀를 갈아주면서도 얼굴이 환했다. 하루에도 몇 번씩 내 몸을 이리저리 돌려놓으면서도 힘든 내색을 하지 않았다. 오히려 힘자랑을 하는 것 같아 내가 더 무안했다. 그게 다 만화의 힘이었다. 희주에게 나 말고 정신을 팔 그 무엇이 생긴 것이었다. 만화 그리기는 희주의 오랜 꿈이었을지도 모른다. 엄마가 아픈 나를 들추어 업고 이 병원 저 병원 쫓아다니다 보면 희주는 집에 홀로 남겨지기 일쑤였다. 텔레비전에서 나오는 만화가 희주의 유일한 친구였다. 종일 만화를 이리저리 돌려보다가 잠이 들었다. 혀가 굳고 다리를 못 쓰게 된 나는 모든 걸 엄마 손에 의지해야 했다. 엄마에게 희주는 없는 딸이었다.

한번은 휠체어에 앉아 봄볕을 자장가 삼아 졸고 있었다. 이상한 느낌에 눈을 떴다. 희주가 볼펜으로 내 얼굴에 그림을 그리고 있었다. 간지러워. 자꾸 웃음이 났다. 엄마, 언니가 웃었어. 사실 난 웃을 수 없었다. 내가 할 수 있는 궁극의 의사 표현은 간신히 입을 벌리고 눈을 깜박거리는 게 다였다. 내 숨은 웃음을 알아본 희주는 키득거리며 그리기를 멈추지 않았다. 입으로 쫑알쫑알 이야기를 하기 시작했다. 어느 나라에 마법에 걸린 아이가 있었대. 그 아이는 매일 누워서만 지냈어. 나는 이야기에 빠져들었고 시간이 지날수록 점점 기분이 묘해졌다. 희주가 장난을 치는 게 아니라 내 얼굴을 예쁘게 꾸며주고 있다는 생각이 들었다. 마법에 걸린 나를 구해주기 위해 주문을 걸고 있다고. 깊은 잠에서 깨어난 새의 부리는 여전히 노랗고 단단하다고 말해줄 참이었다. 하지만 그건 '입장'을 대하는 나의 오류였는지도 모른다. 우리의 입장 속에 희주의 입장도 속해 있는지 어떤지 고려하지 않은 나의 월권행위였을지도 모른다. 그때 이미 희주는 만화가를 꿈꾸지 않았을까. 일부러 내가 웃었다고, 언니가 웃었다고 자기암시를 한 게 아니었을까. 어쩌면 꿈이 아니라 쏟아지는 비를 피해 낡고 비좁은 처마 밑으로 뛰어든 것이었을지도 모르지만.

꿈이든 피난처든 희주에게는 먼 나라 이야기였다. 엄마 대신 집안일을 하고 나를 돌보느라 만화 그리기는 포기한 듯했다. 다시 발동이 걸린 건 엄마가 식당에서 가져온 낡은 만화 잡지 때문이었다.

기저귀 싸서 버려.

그건 기저귀 처리용이었다. 냄새를 조금이라도 덜려면 비닐이 제격이지만 아쉬운 대로 쓸 만했다. 희주는 앉은 자리에서 백과사전만큼 두꺼운 그것을 빈속에 국수 먹듯 후루룩 해치웠다. 보고 또 보고. 바닥에 잡지를 펼쳐놓고 따라 그렸다. 비슷하기는커녕 초등학생의 낙서 수준이었다. 온전히 한 페이지를 다 베낀 후에야 기저귀 처리용으로 사용했다. 잡지를 몇 장 안 남겨두고 희주가 첫 창작품을 보여주었다. 새 원피스를 입은 엄마와 화관 쓴 우리 곁을 지키던, 말쑥한 차림의 아버지가 한없이 든든하던 그 시절 이야기였다. 조잡하고 촌스러운 솜씨였다. 그런데 눈시울이 뜨거워졌다. 다행히 희주는 내 눈물을 알아차리지 못했다. 희주가 그린 만화는 재미가 없었다. 어둡고 칙칙하고 느리고 답답했다. 밝고 명랑한 이야기 좀 그려봐. 나는 조심스럽게 감상을 피력했다. 그렇지? 너무 뻔해서 재미없지? 희주의 얼굴이 시무룩해졌다. 아니야. 재미있어. 있는 힘을 다해 눈을 감았다가 떴다. 정말? 희주가 배시시 웃었다. 그러고 나서 시작한 게 사랑 이야기였다.

희주는 한 회분이 완성될 적마다 내게 보여주었다. 엄마와 두 딸이 등장했다.

응? 멜로라며?

그래. 멜로야.

아닌 거 같은데?

맞다니까. 두고 봐. 멜로라니까.

희주가 호호거렸다.

애네한테 사랑하는 사람이 생겨?

그건 비밀.

기대가 너무 컸나. 나는 눈을 꾹 감아버렸다. 몇 회분이 지나가도록 남자는 나오지 않았다. 멜로는 무슨. 나는 마지못해 눈을 끔뻑거렸다. 희주 기분을 상하게 해봐야 나한테 좋을 게 없었다. 그렇게 몇 회가 지나가고 드디어 그분이 등장했다. 멜로에 빠져서는 안 될 남자 말이다. 그 뒤가 궁금한데 상을 들고 나간 희주는 들어올 생각을 안 했다. 아랫배가 심상치 않았다. 똥이 마려웠다. 희주는 숟가락을 놓자마자 똥 싸는 걸 제일 싫어했다. 아유. 먹자마자 이게 뭐야. 어느 땐 내 엉덩이를 찰싹찰싹 때렸다. 참고 싶지만 뜻대로 되지 않았다. 삶 자체가 고스란히 불수의근이 되어버렸다. 밑은 어느새 질펀해졌다.

원피스로 만든 기저귀는 배설물이 자주 샜고 사타구니를 짓무르게 했다. 희주는 기저귀를 번갈아가며 갈고 빠느라 앉아 있을 틈도 없었다. 생활정보지를 뒤적이던 엄마가

웬일로 휴대전화를 집어 들어 번호를 꾹꾹 눌렀다. 쭈뼛쭈
뼛 말을 못 하고 망설이다가 힘겹게 입을 뗐다.

저기, 청소부 구하신다고요. 하루 몇 시간이나. 일당은.

물음표가 붙어야 할 말이 축축 늘어졌다. 시간이나 돈이
중요한 게 아니라 손이 문제였다. 한 손으로도 깨끗이만
해놓으면 되죠? 맥없는 말투는 그렇게 묻고 있었다.

그럼, 내일 찾아뵐게요. 네. 네. 늦지 않겠습니다.

엄마는 다시 생활정보지를 뒤적거렸다. 너무 많아서 못
고르겠다는 듯 시간과 거리, 보수 등을 꼼꼼히 비교했다.
굶어 죽지는 않겠어. 세상에 그렇게 괜찮은 일자리가 많은
줄 엄마는 지금에서야 알아차린 듯했다. 이런 데도 괜찮은
데. 식당만큼 고단한 데가 또 어디 있어. 거기 아니면 안 될
거처럼 악착스럽게 출근한 게 억울하다는 듯, 어차피 이렇
게 된 거 더 괜찮은 데로 옮겨보자는 호기까지 부렸다. 엄
마는 단단한 석고 속에 감춰진 오른손을 까마득히 잊고 있
었다. 또 어딘가로 전화를 걸었다.

종일 하면 하루에 얼마나 까나요?

목소리에 제법 생기도 돌았다.

아, 그럼 한 달이면.

엄마는 잠깐 말을 멈추고 고개를 젖혀 천장을 쳐다봤다.
한껏 들뜬 목소리로 셈을 했다.

손에 마늘 냄새는 안 배나요?

이젠 별걸 다 묻고 있었다. 물수건으로 내 얼굴을 닦아 주던 희주가 엄마를 힐끗 쳐다봤다. 한 손으로 마늘을 어떻게 까, 그런 표정이었다.

네. 알겠습니다. 내일 찾아뵐게요.

마늘을 어떻게 한 손으로 까?

집에 가져와서 해도 된대.

…누가 해, 그걸.

다음 날 엄마는 아무 곳에도 가지 않았다. 아무 일도 없다는 듯 느지막이 일어나 부엌으로 갔다. 물소리가 간간이 들렸다. 희주는 간만에 화장대 앞에 앉았다. 만화를 그리는 모양이었다. 엄마가 들어오자 슬그머니 종이를 치웠다.

마늘, 가져올까?

너만 골병들어.

희주도 내키지 않는 목소리였다. 만화를 그리고 있는 게 눈치 보여 그냥 한번 던져보는 말투였다. 엄마로서도 학교도 안 보내는데 그깟 만화 좀 그린다고 타박하기는 뭣했다. 그럴 시간 있으면 마늘이라도 까면 좋으련만. 어제 여기저기 전화한 건 그런 시위의 성격도 띠었다. 며칠 전 집주인이 다녀간 후로 엄마는 부쩍 초조해 보였다. 단 한 번도 집세를 밀려본 적이 없는 엄마였다. 더군다나 누구에게 손을 벌린다는 건 상상조차 하지 못했다.

안 되겠다. 좀 나갔다 올게.

엄마는 서둘러 겉옷을 걸치고 팔걸이로 깁스한 손을 고정한 채 나갔다. 1층으로 올라가는 발소리가 터벅터벅 울렸다. 희주는 다시 돌아앉았다. 과연 오늘 두 사람 사이에 무슨 일이 벌어질까. 남자는 여자의 마음을 알아차릴까. 희주의 뒷모습을 뚫어져라 쳐다봤다. 잠시 후 희주의 어깨가 흔들리기 시작했다. 앙상한 등이 파르르 떨렸다. 왜 그래. 둘이 벌써 헤어지기라도 했나. 희주야. 소리는 나오지 않고 입가에 침이 흘렀다. 침은 목을 타고 옷깃을 적셨다. 왜 울어. 울음을 참던 희주는 무릎 사이에 고개를 파묻었다. 방 안에 어둠이 내려앉았는데도 불도 켜지 않았다. 엄마는 그때까지 돌아오지 않았다. 사방은 깜깜했고 어디선가 길고 양이 울음소리가 들려왔다.

대낮인데도 집 안이 굴속 같았다. 결국 단전반 직원이 와서 인입선을 잘라버렸다. 몇 차례의 경고가 있었지만 무용지물이었다. 쌀독에 쌀이 떨어졌는데 그런 말이 귀에 들어올 리 없었다. 그건 우리 같은 사람들을 염치없이 몰아세웠다는 말을 듣지 않기 위해서 지어낸 명분에 불과했다. 사람이 살고 있는데 설마 끊기야 하겠어. 엄마는 단전을 알리는 노란 경고장을 매번 구겨버렸다. 그리고 어떻게든 단전을 막아보려고 집주인을 찾아갔다. 집주인은 밀린 월세를 내놓지 않으면 방을 빼겠다고 되레 으름장을 놓았다. 한참을 울고 난 희주가 저녁상을 차려 왔다. 물에 만 밥을 떠 입안에 넣어주는데 갑자기 전기가 나갔다. 순식간에 사방은 암흑천지가 되었다. 희주는 밥그릇을 내려놓고 더듬더듬 휴대전화를 찾았다. 휴대전화 불빛에 의존해 뭔가를 뒤지고 다녔다. 초를 찾는 모양이었다. 결국 초를 찾지 못한 희주는 한동안 휴대전화를 들고 우두커니 서 있었다. 나는 밥알을 입에 문 채 휴대전화 불빛에 어룽거리는 희주의 그림자를 바라봤다. 그림자는 천장을 향해 길게 늘어진 채 미세하게 떨렸다. 나는 쓸쓸함이나 막막함이 그림자로 드러나는 걸 진즉에 본 적이 있었다. 온 식구가 불을 끄고 누우면 창으로 희부연 달빛이 새어들거나 툴툴거리며 자동차가 지나갔다. 앙상한 식구들 위로 바퀴 자국을 내며 사라졌다. 시커먼 그림자가 지나간 자리에서 늦가을 여러 날을 두고 내리는 비 냄새가 났다. 쓸쓸함이나 막막함은 곧잘 그런 냄새를 풍겼다. 그것이 그네들의 그림자임을, 나는 이미 오래전 종일 천장을 바라보며 터득했다. 흔들리는 희주의 그림자에서 눅눅함이 배어날 것만 같았다. 다행히 그림자는 얼마 못 가 사라졌다. 희주가 어둠을 더듬어 내 곁으로 다가왔다.

그만 먹자.

이제 고작 두 숟가락 먹었다. 희주는 휴대전화를 켜두고 주섬주섬 상을 들고 나갔다. 빛은 금세 사라졌다. 부엌에서 그릇 부딪치는 소리와 물소리가 섞여 났다. 어느새 희주는 내 옆에 있었다.

쌌어?

희주가 내 몸을 더듬어 바지를 내리고 기저귀 속으로 손을 디밀었다. 천 기저귀를 사용하면서부터 희주의 일은 더 늘었다. 일회용보다 흡수력이 떨어져 그때그때 갈아주지 않으면 밖으로 오줌이 흘렀다. 대변을 본 기저귀에는 노랗게 자국이 남아 삶지 않으면 안 되었다. 희주의 찬 손이 사타구니에 스쳤다.

안 쌌네?

희주가 달뜬 소리를 냈다. 칫솔을 들고 와 양치질을 해주고 물수건으로 얼굴과 손발을 닦아주며 분주하게 움직였다. 전기쯤 안 들어오는 게 뭐 대수냐는 듯 보였다. 어둠 속에서도 능숙하게 척척 제 할 일을 했다. 할 일을 다 하고 여느 때처럼 화장대 앞에 앉아 휴대전화를 만지작거렸다. 희미한 불빛이 방 안을 비추다 사라졌다. 저 불빛마저 사

라진다면. 문득 벼랑 끝에 서 있는 착각이 들었다. 한 발자
국만 움직이면 아득한 허방에 처박힐 듯, 단단히 누워 있
는데도 현기증이 일었다. 희주야. 온 힘을 다해 희주를 불
렀다. 희주의 작은 등을 바라봤다.

언니, 안 자?

기적처럼 희주가 돌아봤다.

만화 이야기 해줄까?

눈을 깜빡거렸다. 너무 어두워서 아무것도 보이지 않았
다. 희주는 떠들기 시작했다.

음, 어디까지 했더라? 맞아. 둘이 처음으로 만났잖아.

엄마가 돌아온 줄도 모르고 떠들었다.

개새끼들, 기어코.

엄마가 시커멓게 서 있었다. 깁스한 오른손이 희부옇게
공중에 떠 있는 것처럼 보였다.

초를 밝힌 집 안은 성지 같았다. 언젠가 텔레비전에서
그런 곳을 본 적이 있었다. 촛불을 켠 동굴은 따뜻해 보였
다. 안내인은 머리를 모은 채 둘러앉은 관람객들 사이에서
근엄한 목소리로 설명을 이어갔다. 고통 속에서 죽어간 순
교자들을 언급하다가 한기 때문에 오한이 난다며 익살스
러운 표정을 지었다. 그러니까 명백히 촛불 때문만은 아니

었다. 이곳이 성지처럼 느껴지는 까닭에 방 안의 한기도 한몫했다. 나는 눈까풀을 자주 움직였다. 뭔지 모르는 성스러움이 괜히 불편하고 불안했다. 하나는 부엌에, 다른 하나는 화장대 위에. 초는 금세 탔다. 그것마저도 아끼려고 잘 켜지 않았다. 밥을 먹거나 기저귀를 갈 때 잠깐 켰다가 껐다. 엄마와 희주는 어둠 속에서도 부딪히거나 넘어지지 않았으며 그릇을 깨거나 밥을 흘리지 않았다. 애초에 깜깜한 곳에서 생활한 사람들처럼 굴었다. 두 사람에게 어둠은 불편할 뿐 싸워 이겨야 할 상대가 아니었다. 엄마는 어둠 속에서 한참을 뒤져 일회용 가스레인지를 꺼냈다. 희주는 가끔 휴대전화 불빛을 이용해 뭔가를 했다. 만화를 그리는 모양이었다. 이제는 휴대전화도 꺼졌다. 충전을 할 수 없었다. 좀 덜 어두울 때인 아침이나 낮 시간에 잠깐잠깐 그리는 눈치였다. 역시 멜로는 희주 전공이 아니었다. 아무리 생각해도 남자의 나이가 걸렸다. 그럼, 신애자 여사의 남자 친구? 엄마의 연애라니. 좀 맥이 빠졌다. 이왕이면 두 딸 중 하나로 하지. 그걸 어떻게 멜로라고 하지? 하긴 연애도 안 해본 게 뭘 알겠어. 그럼, 난? 나 역시 연애라는 걸 해볼 경황이 없었다. 누워서 똥 싸고 오줌 싸느라고.

엄마가 손바닥으로 눈물을 닦아주었다. 어둑한데도 용케 알아봤다. 엄마는 이틀을 더 나가더니 오늘은 내 옆에

62

만 붙어 있었다. 희주가 반듯하게 개어놓은 기저귀를 부러 펼쳐보곤 한 손으로 다시 정성껏 접었다. 소매 부분은 반듯한 모양이 나오지 않았다. 솔기에 살이 쓸렸다. 접은 기저귀를 방바닥에 놓고 한 손으로 꾹꾹 눌렀다. 도로 펼쳐 다시 접기를 반복했다. 솔기가 걸리는 눈치였다. 아니면 돌아올 수 없는 아버지를 떠올리는지. 쓰쓰쓰 스스스 쓰쓰쓰. 엄마가 또 그 소리를 냈다. 세 번 짧게, 세 번 길게, 세 번 짧게. 노래 후렴구 같았다. 그래, 멜로였어. 신애자 여사의 멜로. 사랑을 해야 노래가 나오지. 아니, 노래를 해야 사랑을 하지, 였나? 희주는 무엇을 그리고 싶은 걸까.

깁스한 팔에서 낙서를 발견한 건 며칠 전이었다. 단전이 되기 전날이었다. 희주가 잠깐 나간 새에 똥을 쌌다. 똥이 아니라 더한 것을 싸도 바로 지척에 있는 엄마에게 알릴 수 없었다. 게다가 설사였다. 허리까지 밀려 올라간 똥이 옷 밖으로 배어나도록 눈만 말똥말똥 뜨고 천장만 바라봤다. 냄새를 맡은 엄마가 달려왔다. 이미 온몸이 똥으로 범벅이었다. 엄마는 한 손으로 내 옷을 벗기기 시작했다. 바지는 그럭저럭 벗겼는데 문제는 윗옷이었다. 그날따라 하필이면 티셔츠를 입고 있어서 팔을 차례로 뺀 후 목 부위를 벗겨야 했다. 기저귀까지 벗겨 대충 오물을 닦았다. 냄새가 진동했다. 엄마는 숨조차 쉬지 않는 듯 고요했다. 팔을 빼는 것도 만만치 않았다. 원피스 레이스를 뜰 때처럼 소매 끝을 이로 물어 고정시킨 다음 왼손으로 필사적으로 잡아당겼다. 아무 내색도 하지 않았지만 엄마는 괴물과 사투를 벌이는 것처럼 보였다. 힘겹게 소매에서 팔을 뺐다. 이제 목 부위만 빼내면 되었다. 엄마는 잠시 숨을 몰아쉬면서 내 몸을 내려다봤다. 그새 흘러내린 똥물이 가랑이를 타고 이불을 적셨다. 3월이라지만 아직 방 안 공기가 찼다. 게다가 며칠째 난방을 하지 못한 방 안은 한데나 다름없었다. 어서 엄마가 일을 마무리해주길 바라면서 천장만 멀뚱히 쳐다봤다. 내 마음을 아는지 모르는지, 엄마는 꽤 오랫동안 그러고 있었다. 나는 계속 눈을 피했다. 한참을 그러고 있던 엄마가 다가왔다. 셔츠의 목 부위를 힘껏 그러쥐었다. 턱 하고 숨이 막혔다. 순간 엄마를 쳐다봤다. 너무 세게 잡았어요. 엄마와 눈이 마주쳤다. 그러자 엄마가 깁스한 팔을 들어 이마의 땀을 닦는 시늉을 했다. 오른팔을 들어 올려 눈을 가린 채로 왼팔에 계속 힘을 실었다. 땀을 닦는게 아니었다. 그 야릇한 자세로 티셔츠를 잡아당겼다. 티셔츠는 벗겨지지 않고 목은 더 조여왔다. 나는 눈을 부릅떴다. 깁스한 팔 안쪽에 뭐라 씌어 있는 게 보였다. 생활정보지에서 베껴 쓴 전화번호와 상호가 깨알같이 적혀 있었다.

팔꿈치 가장 근접한 곳에도 글자가 더 있었는데 잘 보이지 않았다. 바투 쥔 손아귀에 점점 힘이 실렸다. 조여오는 숨통 때문에 더 이상 눈을 부릅뜰 수 없었다. 엄마 얼굴은 벌겋게 상기되었다. 희주가 들어오지 않았다면 무슨 일이 나도 났을 것이다.

엄마가 움직일 적마다 눈이 저절로 따라갔다. 나머지 글자를 알아내는 데 결국 실패했다. 게다가 오늘은 팔걸이로 단단하게 무장했다. 그날 엄마의 눈을 보지 않은 게 다행이었다. 다 내 탓이었다. 희주라도 한 손으로 옷을 벗기려면 그럴 수밖에 없었을 터이다. 엄마가 팔을 들어 시야를 가린 건 우연이었을 것이고. 어둠 속에 누워서 자꾸 엄마 쪽으로 정신이 쏠렸다.

이거 입고 네 아버지하고 남산에 갔었는데.

엄마가 차곡차곡 갠 기저귀를 만지작거리며 중얼거렸다.

그때는 거기 드라이브, 아무나 못 했어. 허구한 날 사돈 팔촌까지 뻔질나게 드나들 적이었으니까. 경리라도 보게 해달라고. 뭔 때만 되면 밀려드는 과일 상자며 조기 꾸러미 받느라고 일을 못 할 지경이었지. 이거 입으면 참 좋아했는데.

그 시절로 돌아간 듯 엄마는 상기되었다. 문득 고개를 숙여 내 얼굴을 들여다봤다.

윤주야, 미안해.

아니야. 내가 미안하지. 그 고운 옷에 똥을 묻히고 있는 내가 미안하지.

엄마를 똑바로 쳐다봤다. 엄마는 한 손으로 내 머리를 쓰다듬었다.

엄마만 드라이브하고 예쁜 옷 입어서. 엄마만 좋은 기억을 가지고 있어서.

방이 어느새 어두워졌다. 엄마는 촛불을 켤 생각도 하지 않고 중얼거렸다. 자장가를 불러주는 것 같았다. 잠이 들어야 할 텐데. 정신은 점점 또렷해졌다. 이제 엄마는 희미한 형체로만 남았다. 나는 그날처럼 눈을 부릅뜨고 검은 실루엣을 응시했다. 희미하게 허공에 떠 있는 허연 물체가 가끔 부르르 떠는 걸 놓치지 않고 지켜봤다.

저녁상에 미역국이 올라왔다. 고기 한 점 들어 있지 않은 멀건 국이었다. 오늘은 누구의 생일도 아니었다. 엄마는 수저를 들지 않고 우리가 먹는 것을 지켜봤다. 집 안은 춥고 어두웠다. 희주가 숟가락으로 국물을 떠 내 입에 가져다 댔다. 입이 움직여지지 않았다.

아, 해야지.

희주가 재촉했다. 간신히 입이 벌어졌다.

왜 그래. 더 크게, 아.

국물이 반은 흘렀다. 그래도 따뜻했다. 엄마가 내 얼굴을 더듬었다. 눈꺼풀을 들여다보며 뭐라 중얼거렸다. _쓰쓰쓰 스스스 쓰쓰쓰._ 숨넘어가기 전 아버지가 마지막으로 냈다는 소리는 모스 부호였다. 엄마 말에 의하면 아버지는 이 중에 '쓰쓰쓰'만 간신히 소리 내고 죽었다. SOS. 아니, 처자식 이름도 아니고. 그게 그런 뜻이라는 걸 안 엄마는 어이없어하다 분노하다 따라 했다. _쓰쓰쓰._ 나쁘지 않네. 매미 소리 같기도 하고. 하지만 아버지가 그런 의도로 소리를 냈는지는 물론, 정말 그런 소리를 냈는지조차도 의심스러웠다.

희주가 엄마를 밀어내고 숟가락질을 이어갔다. 밍밍하지만 따뜻한 국물이 식도를 따라 내려갔다. 피가 되고 살이 되기 전에 똥이 되고야 말 미역국을 나는 염치도 없이 받아먹고 또 받아먹었다. 희주 손에서 마늘 냄새가 났다. 손등은 트고 갈라졌다. 어제 희주는 기어코 마늘을 받아 왔다. 촛불 밑에서 밤늦게까지 마늘을 깠다. 그런 희주를 엄마는 물끄러미 바라봤다.

희주야, 소원이 뭐야?

갑자기 웬 소원?

난데없는 질문에 희주가 바보처럼 웃었다.

엄마는?

….

이거 다 깔 때까지 저거 꺼지지 않는 거?

엄마가 머뭇거리는 새 희주가 선수를 쳤다.

이런 맹추. 고작 그런 걸 소원으로 달고 사니.

희주는 여전히 헤헤거렸다. 온 집 안에서 마늘 냄새가 진동했다. 희주가 손이 부르트도록 마늘을 까면 전기가 들어올까. 따뜻한 방에 누워 오줌을 싸면 조금 덜 미안할까. 무엇보다 희주의 멜로가 성공적으로 완성될 텐데. 요즘 희주는 화장대 앞에 앉지도 않았다. 앉아도 그릴 수가 없었다. 눈물 콧물로 범벅이 되어 마늘을 까는 것도 어쩌면 만화를 그리고 싶어서일지 몰랐다. 희주도 엄마도 오랜만에 미역국을 먹었다. 엄마는 그만 먹겠다는 희주 그릇에 제 것을 덜어주었다. 희주는 후딱 해치웠다. 엄마는 그런 희주를 오래 지켜봤다. 마늘 냄새 때문에 자꾸 눈물이 났다. 내 눈물을 닦아주는 엄마 눈가도 촉촉했다.

모두가 일찍 잠들었다. 이상했다. 엄마와 희주 모두 단 한 번도 깨지 않았다. 수시로 깨 기저귀를 봐주고 나를 살피는 게 몸에 밴 사람들인데 고요해도 너무 고요했다. 자꾸 감기는 눈을 억지로 치켜뜨고 엄마가 누워 있는 쪽을 응시했다. 까만 어둠만 보였다. 그때 지나가는 차 헤드라이트 빛이 방 안으로 쏟아져 들어왔다. 내 작은 기척에도 벌떡 일어나 앉는 엄마, 그 엄마의 팔이 침대 밖으로 축 늘어졌다. 희주 쪽으로 고개를 돌렸다. 헤드라이트 불빛이 사라졌다. 졸음이 무섭게 쏟아졌다. 방 안에 마늘 냄새 대신 연탄가스 냄새가 진동했다. 기저귀에 똥오줌 안 싸는 거, 그게 소원이야. 엄마보다도 원피스에게 더 미안하거든. 고운 레이스 뽐내던 아이인데 얼마나 더럽겠어. 그럼 엄마의 소원은? 설마 소고기미역국? 깁스한 팔에 숨어 있던 글자는 소고기미역국과 번개탄이었다. 내일모레가 희주의 열여덟 번째 생일이었다. 왜 이렇게 잠이 쏟아지지. 눈이 감겼다. 같이 가. 어둑한 방 안에 깊고 푸른 길이 나 있었다. 앙상한 가시만 남은 꽁치 눈 속에서 보았던, 그 길 위에서 희고 작은 손이 손짓했다.

그녀의 경우

그녀를 처음 만난 것은 요리 강습에서였다. 오랫동안 요리 학원을 운영해오던 분이 노년에 봉사 차원에서 시작한 모임이었다. 일주일에 한 번 모여 두 시간씩 요리를 배우고 맛보는 아이템이었다. 손쉬운 재료로 가정에서 부담 없이 할 수 있는 요리들 중심으로 약간의 재료비만 내면 되었다. 무엇보다 잠자는 것 외에는 그 무엇으로도 대체 불가능한 오전 시간을 활용할 수 있다는 사실이 마음에 들었다. 딱 나를 위한 맞춤 서비스 같았다. 그 당시 나의 식욕은 무한대로 팽창해 있었다. 눈에 보이는 것은 물론 없는 음식까지 머릿속에서 창조해내 퇴근하는 진형에게 주문했다. 주문하는 대로 구해오던 진형도 점점 시큰둥해지던 참이었다. 입덧도 가라앉고 먹는 일만 남은 임신 5개월의 나로서는 망설일 이유가 없었다. 배 속의 아기에게도 무한한 행운이었다. 그곳이 슬리퍼를 끌고 가도 전혀 이상하지 않을 바로 옆 동이라는 점은 거의 로또에 가까웠다.

한때는 방송 출연도 간간이 하고 요리책도 여러 권 출간했다는 강사는 체구가 작지만 중후한 멋을 풍기는 분이었다. 흰 머리칼이 섞인 단발머리에 단아한 개량 한복이 잘 어울렸다. 나를 포함해 모두 여섯 명이 요리를 배우기 위해 매주 수요일 은하수 아파트 101동 1003호에 모였다. 그중 네 명이 전업주부였고 그녀와 또 다른 한 명이 파트타임 일을 하고 있었다. 50대인 그녀만 빼고 모두 30대였다. 그녀는 그 모임에 제일 늦게 합류했다. 동지를 앞두고 팥죽을 끓이는 법과 동치미 담그는 법 수업이 있던 날이었다.

요리 강습이 열리는 1003호는 그 아파트 단지에서 가장 큰 평수에 속했다. 훤하게 트인 거실과 넓은 주방에는 곳곳에 아기자기한 화분과 소품들이 가득했다. 특히 장식장에 진열되어 있는 이국적인 문양과 화려한 빛깔의 접시들이 눈길을 끌었다. 딸들과 여행을 즐기는 강사의 애장품이었다. 수업은 주로 주방의 아일랜드 식탁에서 행해졌다. 그녀는 첫 수업부터 늦었다. 팥죽을 끓일 때 가장 중요한 것은 팥을 삶는 일이에요. 끓어 넘치지 않도록 정신 차리고 지켜봐야 해요. 그날 할 요리에 대한 강사의 설명이 끝나고 각자 앞에 놓인 일회용 가스레인지를 이용해 팥을 삶고 있을 때 그녀가 들어섰고 우리의 시선은 동시에 그리로 향했다. 그러느라 아무도 가스레인지의 팥물이 끓어 넘치는 것을 보지 못했다. 어이쿠. 강사는 재빨리 불을 줄였지만 팥물은 이미 넘칠 대로 넘쳐흐른 다음이었다. 그제야 다들 일사불란하게 움직였다. 행주를 가져오고 냅킨을 들이밀고 키친타월을 통째로 빼 왔다. 방금 한 설명이 무색해지는 순간이었다. 강사는 흘러넘친 팥물을 닦으며 그녀를 힐끗거렸다. 그녀는 재빨리 겉옷을 벗어 던지고 셔츠 소매를 걷어 올리고는 익숙한 몸놀림으로 가스레인지를 닦았다.

그녀의 자리는 내 자리와 마주 보고 있었다. 그녀는 팥을 씻어 알맞게 물을 가늠한 후 불에 올렸다. 강사가 주시하며 일일이 설명했지만 그녀는 그보다 한 박자 빠르게 움직였다. 능숙한 손놀림은 거침이 없었다. 어느새 강사도 말없이 눈으로만 지켜봤다. 완성된 팥죽을 시식하기 위해 그릇에 담았다. 수강생들은 각자 준비해 온 그릇과 수저를 그곳에 두고 필요할 때마다 꺼내 썼다. 미처 그릇을 준비해 오지 못한 그녀를 위해 강사는 우묵한 유리 볼을 내주었다.

뚜껑이 있는 건 없을까요?

다들 그녀를 쳐다봤다. 강사는 돌아서서 싱크대를 뒤져 뚜껑이 있는 플라스틱 용기를 꺼냈다. 그녀는 플라스틱 용기에다 팥죽을 가득 옮겨 담고는 뚜껑을 닫았다. 맛도 보지 않은 채였다.

아니, 안 먹어요?

팥죽 안 좋아해요?

다들 한마디씩 거들었다.

천천히 먹을게요.

그녀는 거실로 가 장식장의 접시들을 들여다봤다. 그날 그녀는 팥죽과 동치미를 챙겨 들고 수업이 끝나기 무섭게 사라졌다. 그녀가 몇 동 몇 층으로 갔는지 아무도 알지 못했다. 우리는 그녀가 나처럼 그 아파트로 이사 온 지 얼마 되지 않았거나 이웃하는 다른 아파트 주민일 거라고 추측했다. 그녀는 긍정도 부정도 하지 않았다. 그녀가 강습에 나온 지 한 달 정도 되었을 때 은하수 아파트에 살고 있지 않다는 정보를 알아냈다. 그 사실만 제외하면 그녀는 수업 시간에 사람들과 잘 어울렸으며 친절하고 소탈했다. 자기 말을 하기보다는 주로 남의 말을 들어주는 편이었다. 그녀는 특이하게도 요리 강습에서 한 음식을 절대로 먹지 않았다. 손도 대지 않은 그것들을 정성 들여 싸 갔다. 왜 먹지 않느냐는 숱한 물음에 사람 좋은 미소만 지었다. 이를 두고 강습생들 사이에서는 여러 말들이 돌았다. 집에 어르신이 계셔서 그럴 것이다, 아픈 사람이 있다, 가족을 끔찍하게 아끼는 사람이다, 남편에게 지나치게 복종적인 여자다… 날이 갈수록 그 이유도 다양해졌다. 강사도 그녀가 화장실에 간 사이 도대체 집에 누굴 모셔둔 거냐며 익살을 떨었다. 가끔 수업이 끝나면 티타임을 가졌다. 각자 돌아가며 챙겨온 차나 비스킷을 함께 나누어 먹으며 그날 한 요리에 대해서 의견을 주고받았다. 감상을 나누고 강사에게 배우고 싶은 희망 요리를 제안하기도 하는 시간이었다. 수업이 끝나면 부리나케 일어나느라 그녀는 티타임에 한 번도 참석하지 않았다. 이런 정황들이 그녀에 대한 의혹을 부풀렸다.

그녀는 유난히 내게 더 친절했다. 처음부터 그랬던 것은 아니다. 내가 임신 중이라는 사실을 안 후부터였다. 임신 5개월은 티도 나지 않았다. 일부러 드러내고 싶지도 않았다. 그로 인해 특별한 대접이나 처우를 받는 것도 쑥스러웠다. 배가 불러오면 어차피 자연스럽게 알게 될 터였다. 그런데 그보다 더 자연스럽게 탄로가 나고 말았다. 그날의 요리는 닭이 주재료였다. 강사는 뽀얀 생닭 한 마리씩을 도마 위에 올려주었다. 털이 말끔히 제거되고 목이 잘린 생닭은 알맞게 토막만 내면 되었다. 강사의 지시에 따라 다들 닭의 배를 가르고 토막을 내느라 여기저기서 탁탁 소리가 났다. 나는 아무것도 하지 못한 채 물끄러미 닭을 내려다보고 있었다. 죽은 닭이지만 배를 가르고 토막을 치는 행위는 찜찜했다. 배 속의 아이를 위해 내 손으로 다듬은 양질의 단백질을 섭취하는 데 우선순위를 둘 것이냐, 아니면 좋은 것만 보고 듣고 행해야 한다는 태교에 방점을 찍을 것이냐의 사이에서 갈등하고 있었다. 그때까지 나는 생선 한 마리도 잘라본 적이 없었다. 아무리 생각해도 태교에 좋지 않을 듯했다.

왜? 못 만져?

그게 아니라….

임신?

순간 모두의 시선이 나의 배로 쏠렸다.

맞지?

그녀가 능숙하게 생닭을 토막 내며 속삭였다.

지민 씨, 임신했어? 언제?

근데 왜 여태 말 안 했어. 몇 개월이야?

다들 돌아가며 한마디씩 거들었다.

아니, 그게, 저….

어쩐지 잘 먹더라. 뭐 어때. 죽은 건데. 괜찮아.

이리 내. 태교에 안 좋아.

유별나긴. 그럼 매일 닭 튀겨서 먹고사는 사람은 애도 못 갖겠네.

다른 사람들이 뭐라 하거나 말거나 그녀는 내 도마 위에 있던 생닭을 제 도마 위로 옮겨놓고 배를 갈랐다. 그 후 그녀는 요리 시간마다 나를 챙겼다. 마늘을 다져주고 양파를 까주는 것은 물론 생선 손질을 해주고 불고기 양념도 대신 해주었다. 나는 점점 할 일이 없어졌다. 다른 수강생들에게도 민망했다. 임신 사실을 끝까지 속일 걸 그랬다는 후회까지 들었다. 거기서 끝이 아니었다. 그녀는 다 조리된 요리를 굳이 나에게 맛보게 했다. 수강생들은 모녀지간 같다며 칭찬 반 놀림 반 말을 해댔다. 집에 와 그 요리를 다시 해보려고 하면 뭘 배웠는지 떠오르지 않았다. 요리 강습을 받는 게 아니라 요리 대접을 받으러 가는 기분이었다. 생전 처음 경험해보는 야릇한 상황이 과히 나쁘지는 않았다. 일일이 챙겨주고 걱정해주는 게 친정엄마 같았다. 배가 불러올수록 요리를 배우겠다는 의욕보다 잘 먹고 싶다는 욕구가 더 커졌다. 물론 두 가지를 다 충족하기 위해 요리 강습에 나가기 시작했지만 갈수록 그 목표가 희미해졌다. 조만간 오로지 후자만을 위해 뒤로 물러날 기세였다. 누군가가 차려준 밥상의 매력에 자꾸 끌렸다. 그녀는 이 모든 것을 꿰고 있는 듯 절묘한 타이밍에 접근해왔다. 태교에 좋다는 미술 전람회 티켓도 구해다 주고 육아에 도움이 되는 책도 가져다주었다. 진형도 하지 않던 일이었다.

5년이라는 짧지 않은 연애에도 결혼을 망설인 이유에는 육아에 대한 부담도 있었다. 단순히 육아를 넘어 내가 잉태해 낳은 생명을 오롯이 잘 키워낼 자신이 없었다. 어쩌다 수중에 들어온 화분의 식물 하나도 제대로 키워내지 못하는데 하물며 백년을 사는 생명체를 세상 밖에 내놓는다는 것은 무모하고 위험한 일이었다. 만에 하나 잘못되었을 때 그에 대한 책임은 어떻게 감당할 것인가. 내가 직접적으로 관여하지 않았다 하더라도 그 기저에 드리운 죄책감, 부모라면 피해갈 수 없을 것이었다. 대한민국에서 부모가 된다는 것은 나라를 구하는 일, 세계를 구하는 일보다 어려웠다. 제아무리 좋은 자리를 가려 누워도 숙면을 방해하는 요소들이 지천에 도사렸다.

경제적인 부분도 무시할 수 없었다. 대출을 받아 결혼식을 올리고 살 집을 겨우 마련한 우리에게는 다달이 갚아야 하는 거금의 이자가 있었다. 육아와 일을 병행할 수 있다는 보장도, 자신도 없었다. 좋은 환경이란 이상 속에서만 존재했다. 임신에 대한 계획은 세울 엄두도 내지 못했다. 오히려 실수로라도 임신이 될까 봐 조마조마하던 차에 일이 터졌다. 임신이었다. 내 배 속에 생명이 자라고 있다는 게 마냥 신기하고 경이롭지만은 않았다. 덜컥 발목을 잡힌 것 같았지만 돌이킬 수 없었다.

적어도 아이에게 지금의 우리보다 현저히 우위에 있는 유전자를 물려주고 싶었다. 둘 다 재수를 해 대학에 들어 갔고 셀 수 없는 도전 끝에 간신히 취업에 성공한 우리로 서는 후천적인 요인들에 기댈 수밖에 없었다. 하지만 그조 차도 이렇다 할 만한 게 없었다. 입덧을 참아가며 학원으 로 출근을 하고 수업을 하다가도 몇 번씩 화장실에 드나들 었다. 빈혈이 심해 안정이 필요하다는 의사의 충고도 무시 하고 출근을 강행하다가 결국 쓰러지기 일보 직전의 사태 를 맞고서야 원장에게 사실을 털어났다.

애 낳으면 어디 맡길 데 있어요?

원장은 당장 수업 시간 조정보다 근원적인 물음을 던졌 다. 어차피 못 나올 거면 지금 그만두라는 거였다. 나는 친 정엄마도 있고 아파트 내 어린이집도 있으니 그건 염려하 지 않으셔도 된다고 둘러댔다. 수업 시간은 줄였지만 언제 든 잘릴 수 있는 상황이었다. 하루하루 마지막이라는 생각 으로 출근을 했다. 다행히 입덧은 가라앉았다. 한번은 쉬 고 있는데 동료 강사가 휴대전화에 뜬 기사를 보여주며 물었다.

선생님은 이런 태교 안 해요?

연예인들의 유별난 태교법에 관한 기사였다. 태교 바느질부터 태교 동화책 읽기, 태교 여행 등 생소한 것들이었다. 그제야 배 속의 아이를 위해 하는 일이 아무것도 없음을 깨달았다. 연예인들처럼은 아니더라도 기본적인 것은 해야 할 것 같았다. 진형에게 이런 생각을 말했다.

태교가 별거야? 좋은 음악 듣고 잘 먹고 잘 자면 돼.

진형은 다운받은 태교 음악을 틀어주고 요구하지도 않은 음식들을 사 날랐다. 우리는 예쁜 아기 사진을 냉장고며 집 안 여기저기에 붙여놓고 수시로 기도했다. V라인 얼굴에 큰 눈을 가진, 코가 오뚝한 아이가 태어나게 해달라고. 지금 생각해보면 그건 우리와 닮지 않은 아이가 태어나게 해달라는 주문과도 같았다. 진형이 '으뜸이'라고 태명도 지었다. 덕분에 차츰 마음의 안정을 찾았다. 요리 강습에 가게 된 것도 진형의 적극적인 응원 탓이었다.

가까운데 한번 가봐.

엘리베이터에 붙은 안내문을 보고 말을 꺼내자 진형은 내 건강을 염려하는 척하더니 강습료가 공짜나 다름없다는 말에 금세 찬성하고 나섰다. 요리 강습에 나가면서 그나마 배 속의 아이를 위해 뭔가를 하고 있다는 자부심이 들었다. 태아보험에 가입한 것도 그런 차원이었다. 오랜만에 동기를 만난 자리에서 태아보험에 대해 들었다. 요즘 임산부들 사이에서 인기라고 했다. 동기는 내가 태아보험에 가입하지 않은 것을 질책했다. 요즘같이 사건 사고도 많은 때 언제 어떻게 될지 모르는데 무슨 배짱이냐며 힐난했다. 동기는 미혼이었고 내 배 속에서는 아기가 자라고 있었다. 묘한 불안감이 엄습했다. 결국 보험사에 전화를 해 계약을 서둘렀다. 아기가 태어나기 전부터 태어난 이후 80세까지 보장받을 수 있는 설계였다.

이건 좀 심하지 않니? 너무 비현실적이야. 우리 인생도 어떻게 될지 모르는데 아직 태어나지도 않은 아이 노후까지 책임져야 한다는 건 너무 무모한 짓 아니야?

진형이 보험약관을 들여다보면서 중얼거렸다.

요즘엔 다 그렇게 해.

이런다고 애가 고마워할 거 같아?

고맙다는 인사 받자고 애 키워?

잘 따라오던 진형도 가끔 시비를 걸었다. 내가 너무 요란을 떠는 거라며, 이렇게까지 해야 한다면 누가 애를 낳아 키우겠느냐고 비아냥댔다. 그러거나 말거나 나는 태교에 전념했다. 그러니까 태아보험을 드는 것도 태교의 일종이었다.

그녀의 친절에 제동을 건 것은 지금 생각해도 전혀 과한 일이 아니었다. 그날도 여느 때와 같이 요리 강습이 한창이었다. 닭가슴살야채말이를 하기 위해 무를 얇게 썰고 있었다. 갑자기 식탁 위의 물컵이 3초 정도 흔들렸다. 아주 미세한 진동이라 다들 눈치채지 못했다. 나와 그녀만 무 썰기를 멈추고 서로 쳐다봤다. 곧이어 그녀가 칼을 내려놓고 현관으로 달려가 문을 열어놓고 돌아왔다. 그녀의 얼굴이 하얗게 질려 있었다.

왜 그래요?

다들 의아한 표정으로 그녀를 쳐다봤다.

지진이 나면 문이 안 열릴 수 있어요.

지진?

못 느꼈어요?

그녀가 동의를 구하듯 나를 쳐다봤다.

살짝 흔들리는 거 같긴 했어요.

나는 식탁 위의 물컵을 눈짓으로 가리켰다.

203호, 느꼈어? 난 전혀 몰랐는데.

아니, 무 써느라고 정신없어서. 뭐가 흔들렸다는 거야.

다들 웅성대며 그녀와 나를 힐끔거렸다.

둘이 너무 민감한 거 아니야? 어휴, 추워.

아닌 게 아니라 열어놓은 현관문으로 황소바람이 들어

왔다. 강사가 문을 열 정도는 아닌 거 같다고 중얼거리며 현관문을 닫았고 수업은 계속되었다. 그녀는 좀처럼 요리에 집중하지 못했다. 수저를 떨어뜨리고 식초를 들이부었다. 거실 진열장 속 접시와 식탁 위에 놓인 물컵을 번갈아가며 주시했다. 평소와 다르게 불안하고 초조해 보였다. 나는 그녀의 눈치를 살피느라 덩달아 요리에 집중하지 못했다. 그날 만든 요리는 엉망이었다. 너무 시고 짜서 본연의 풍미를 느낄 수 없었다. 그녀와 내 것만 그랬다. 수업이 다끝날 때까지 아무 일도 일어나지 않았다. 수고했다며 서로 인사를 나누고 아파트 현관을 나서는데 그녀가 내 소매를 잡아끌었다.

분명히 흔들렸지?

그런 거 같긴 한데, 뭐 별거 아닌가 봐요.

큰일이 경고하고 나나?

너무 예민하신 거 아니에요? 먼저 갈게요.

웃음기 가신 얼굴로 서 있는 그녀를 뒤로하고 걸어가며 휴대전화를 켰다. 실시간 검색어에 '서울 지진'이라고 떴다. 여진은 이튿날에도 있었다. 그날보다 조금 더 강도가 셌다지만 낮잠을 자던 나는 별다른 점을 느끼지 못했다. 그보다 휴대전화 소리에 잠을 깼다. 그녀였다. 수업이 없는 평일에도 그녀와 연락을 주고받으며 지내고 싶은 마음은 없었다. 친정엄마라도 황금 같은 낮잠 시간을 방해받고 싶지 않았다. 하물며 그녀는 엄마도 아니었다. 휴대전화에 뜬 그녀의 이름을 보는 순간 짜증이 났다. 휴대전화는 계속 울렸다. 이불을 뒤집어쓰고 일어나지 않았다. 간신히 눈을 붙이고 일어나보니 휴대전화에 그녀의 메시지가 여럿 와 있었다. 지진 대피 요령과 근처 대피 장소까지, 모두 지진에 대한 내용이었다.

그날 이후 서울에서는 이상 징후가 추가로 나타나지 않았다. 하지만 충청도 내륙과 경상도 지역 일부에서 계속적인 여진이 발생하고 있다고 인터넷에 기사가 떴다. 일부에서는 문화재 손실이 우려된다는 보도도 이어졌다. '지진에 무방비, 원전 안전한가'라는 특집 대담 프로가 방영되었고, 이와 같은 주제를 가지고 토론하는 프로그램이 각 방송사마다 특집으로 편성되었다. 그리고 민방위 훈련과 같은 지진 대피 훈련이 처음으로 실시되었다. 재개발 예정인 아파트를 폭파하여 꾸민 훈련 현장은 재난 영화의 한 장면을 떠올리게 했다.

지진이 나면 원전이 터지는 거야? 그럼 우리는?

다 죽는 거지.

진형과 나는 무덤덤하게 대화를 나누며 밥을 먹었다. 3초의 진동에 유별나게 반응한 그녀 이야기로 화제가 넘어갔다. 그날 이후 그녀는 문에 집착했다. 환기를 핑계로 자기 집도 아닌 남의 집 현관문을 멋대로 여닫았다. 주변 사람들이 눈치를 주지 않았다면 수업 종료 때까지 열어두었을 것이다. 심지어는 앉는 자리까지 바꾸었다. 원래 그녀의 자리는 주방 안쪽이었는데 식탁 맨 가장자리에 있는 205호와 바꾸어 앉았다. 그곳은 현관문에서 가장 가까운 자리였다. 여차하면 뛰어나가기에 좋은 위치였다.

그게 왜?

묵묵히 내 말을 듣고 있던 진형이 그녀를 두둔했다.

자기 목숨은 자기가 지키는 게 이 나라에서 살아가는 수칙이잖아.

나는 갑자기 머쓱해졌다. 요리 강습생들은 그녀를 비정상적인 사람으로 취급했다. 단순히 성격이나 사고방식의 문제가 아니라 의학적으로 검사나 치료가 이루어져야 한다는 데 암묵적으로 의견을 같이했고, 나 역시 이에 반론을 제기할 저의가 없던 터라 진형의 그런 태도는 당혹스러웠다.

아무리 그래도 남의 집에서 그건 실례지.

남 눈치 보고 예의 차리다가 당하는 것보다야 낫지.

그럼, 자기도 그럴 수 있다는 거네? 그런 사람이었어?

아니, 왜 화를 내고 그래. 누가 꼭 그런대? 그 여자를 너무 몰아세우는 것 같아서 하는 말이지. 솔직히 말해서 그 여자 행동이 뭐가 잘못됐어? 내 목숨 내가 지키겠다는데. 난 오히려 좋아 보이는데. 남 눈치 안 보고. 솔직히 자기도 겁났잖아. 집이 무너질까 봐. 그렇지 않았어?

진형이 비아냥거리듯 내 배를 쳐다봤다. 맞는 말이긴 했다. 조심하기로 따지면 그녀보다 임산부인 내가 더해야 했다. 하지만 남의 눈에 요란을 떠는 것처럼 비칠까, 이상하고 상식이 없는 사람으로 오해받기 싫어서 아무렇지도 않은 척 행동하고 말했던 것인지도 몰랐다. 진형 말에 정색하고 반론을 제기하거나 부정하지 못하는 데 더 약이 올랐다.

애는 나 혼자 가졌어?

지금 그 이야기를 하자는 게 아니잖아.

나는 뜬금없는 말로 화제의 방향을 흐렸고 결국에는 서로 언성을 높이며 숟가락을 내려놓았다. 서울에서 지진이 더 이상 발생하지 않자 여론과 방송에서도 지진 이야기가 쑥 들어갔다. 명분을 잃은 그녀의 이상행동도 차츰 사라졌다. 하지만 그로 인해 그녀의 입지는 더 좁아졌다. 이상한 여자라는 꼬리표가 붙었고 몹쓸 전염병에 걸린 사람처럼 취급당했다. 나 역시 이런저런 핑계를 들어 그녀를 의도적으로 피했다.

몸은 정직했다. 달이 차면서 몸이 무거워지자 만사가 귀찮고 슬슬 꾀가 났다. 잠을 자다가 요리 강습에 빠지는 일이 빈번해졌다. 애초부터 무리한 계획이었다고 자위까지 하며 종일 침대에서 무료하게 뒹굴었다. 내가 언제부터 임신과 출산에 그렇게 공을 들였느냐는 듯 모든 게 무뎌졌다. 느슨해진 몸과 마음으로 생활 패턴까지 엉망이 되었다.

몇 번이나 나갔다고.

어질러진 주방이며 거실을 치우며 진형이 중얼거렸다. 자존심도 상하고 스스로에게 화도 났다. 요리 강습에 다시 얼굴을 내미는 것도 민망했다. 마음을 다잡고 주민센터에서 하는 소규모 모임에라도 나가볼 생각으로 오랜만에 단장을 하고 나섰다. 주민센터 게시판을 기웃거리는데 누군가가 알은체를 했다. 그녀였다. 그동안 왜 요리 강습에 안 나왔느냐고, 전화도 안 받고 어디가 아픈 것은 아닌지 걱정이 돼 집으로 찾아가려고 했다는 말을 듣자 정신이 퍼뜩 들었다. 나는 정색을 하며 아픈 곳도 없고 아기는 건강하게 잘 자라고 있다, 잠시 친정에 가서 쉬느라고 요리 강습에 못 나갔다고 방긋방긋 웃으며 둘러댔다. 마침 점심때라 어디 가서 밥이라도 같이 먹자고 하거나 집 구경이라도 하고 싶다며 따라나서면 어쩌지 했는데, 다행히 그녀는 바쁜 일이 있는 모양이었다. 요리 강습에 다시 나가겠다는 나의 다짐을 받아내고는 서둘러 사라졌다. 주민센터 강좌는 다음 학기 시작 때까지 기다려야 했다. 그녀와의 약속도 걸렸다. 얼굴에 철판을 깔고 1003호를 다시 찾았다. 그새 그녀에 대한 이야기들이 눈덩이처럼 불어나 있었다.

그녀의 집은 은하수 아파트에서 꽤 떨어진 능산 부근에 있었다. 둘레길이 있어서 아파트 주민들도 자주 찾는 작은 산이었다. 그곳에서 유기견을 키우며 살고 있었다. 개들은 모두 성대 제거 수술을 받아서 그녀가 개를 키우는지 아는 사람은 거의 없었다. 그녀는 근방의 아파트 청소 일을 하고 있으며 그렇게 번 돈은 개들을 위해 썼다. 요리 강습에 나오는 것도, 다 만든 음식을 맛도 안 보고 싸가는 이유도 다 개 때문이었다. 소문은 강습생들 사이에서 빠르게 퍼져 나갔다. 사실 여부를 알 수 없는데도 그녀에 대해 호불호가 갈렸다. 유기견을 데려다 키우는 일은 아무나 할 수 있는 게 아니라며 그녀를 예전보다 좋게 평가하는 사람이 있는가 하면, 그렇게 어렵게 만든 음식을 개에게 준다는 건 우리를 개와 동일시하는 거 아니냐며 노골적으로 적개심을 드러내는 사람도 있었다. 나는 그 중간 입장이었다. 개를 아끼는 거로 봐서는 나쁜 사람 같지 않아서 안심이었고, 개를 우선으로 하는 사람이 나에게 이런저런 충고를 하는 것은 배 속의 아기를 개와 동일시하는 거 같아서 곰곰이 따져보면 기분이 그리 유쾌하진 않았다.

맛이라도 봐요!

수업 시간에 만든 해물찜을 맛도 안 보고 그릇에 담는 그녀를 보고 302호는 마뜩잖은 표정을 지었다.

집에 가서 먹으면 돼요.

또 개 주려고요? 그 집 개들은 호강하네.

그 순간 분위기가 싸늘해졌다. 그녀가 그릇 뚜껑을 덮다가 302호를 한동안 쏘아봤기 때문이었다. 그 일이 있은 후 그녀가 음식을 싸 가는 것에 대해 누구도 토를 달지 않았다. 그리고 그녀가 유기견을 키우며, 그 개들한테 요리를 먹인다는 것이 용인되었다. 강사는 오히려 남은 재료와 음식을 싸 주기까지 했다. 애완견을 키우는 문제를 두고 진형과 갈등을 빚고 있던 나는 성대 제거한 개들은 어떤 소리를 내는지 궁금했다. 진형은 결혼 초부터 애완견을 키우자는 입장이었고 나는 강력히 반대하고 있었다. 진형은 아이들의 정서에 득이 된다는 논리로 나를 공략했다. 위생적으로 안 좋은 것도 있지만 좁은 집 안에서 개 짖는 소리를 어떻게 감당할 것인가도 골칫거리였다. 나는 성대 제거 수술까지는 아니더라도 무슨 비법이 있지 않을까, 그녀에게 넌지시 물어볼 기회를 엿보고 있었다. 임신과 출산에 대해 각별히 애정을 보이는 만큼 그녀의 견해를 듣는 것도 나

쓰지 않으리라고 생각했다. 그런데 말도 꺼내보기 전에 그녀는 또 하나의 소문을 남기고 요리 강습에서 모습을 감추었다.

그녀가 키우는 개가 노인을 물었다는 것이었다. 개는 사납기로 유명해 일반 가정에서는 잘 키우지 않는 종이었다. 사람을 문 게 한 마리가 아니라 세 마리라는 말도 있고 네 마리라는 제보도 있었다. 아니, 셀 수 없을 정도로 많은 개가 한꺼번에 노인에게 달려들었다고도 했다. 노인은 비명도 못 지르고 사지를 물렸다고. 개가 출몰한 배경을 두고도 말이 달랐다. 산책을 하던 노인이 먼저 그녀의 집을 기웃거리며 개를 부르다가 봉변을 당했다고도 했고, 노인이 지나가기를 기다리고 있다가 그녀가 개 목줄을 풀어주었다는 소문도 돌았다. 개는 신고를 받고 출동한 경찰관을 향해 달려들다가 총에 맞고 자빠졌다고도 했고, 그중 한 마리가 산으로 도망갔다는 제보도 있었다. 출동한 경찰관들조차도 개의 숫자를 다르게 말했다. 그녀는 경찰에 연행되었고 조사를 받다가 사라졌다.

그녀의 집을 찾아 나선 것은 그로부터 수개월이 지난 후였다. 출산을 코앞에 두고 요리 강습에도 나가지 않고 있을 때였다. 그녀는 내 일상에서 지워진 지 오래였다. 남산처럼 부른 배를 하고 태어날 아기를 위해 대청소 겸 정리를 하다가 침대 밑에 굴러다니는 책을 발견했다. 그녀가 자청해서 빌려준 것이었다. 꽤 두툼한 양장본이어서 앞쪽을 조금 읽다가 덮은 기억이 났다. 돌려달라는 재촉이 없었으므로 내 의식에서 금방 잊혔다. 겉장에 쌓인 먼지를 털어내고 첫 장을 펼쳤다. 책 모서리에 달라붙어 있던 날벌레 한 마리가 부리나케 도망을 갔다. 15쪽에 반으로 접힌 휴지가 고이 눌려 있었다. 거기까지 읽은 모양이었다. 그다지 재미있는 내용이 아닌 게 분명했다. 그렇지 않았다면 도중에 접어놓고 까마득히 잊을 리가 없었다. 걸레를 옆에 둔 채 책장을 한 장 한 장 넘겼다. 중간을 넘어 거의 끝부분에 다다랐을 때였다. 책갈피 속에서 사진 한 장이 툭 떨어졌다. 반명함판 크기로, 서너 살가량 되어 보이는 여자아이의 상반신 사진이었다. 긴 머리를 양 갈래로 묶고 챙이 있는 분홍색 모자를 쓰고 노란색 옷을 입고 있었다. 사진 뒷면에는 '1995. 3. 12.'이라고 적혀 있었다. 나는 뭐에 홀린 듯이 일어나 책과 사진이 든 가방을 움켜쥐고 집을 나섰다.

그녀에 대한 소문은 쉽게 사그라지지 않았다. 나쁘지 않은 음식 솜씨와 소탈한 성격에도 불구하고 안 좋은 이미지로 오르내렸다. 의도치 않게 그녀와 가깝게 지냈던 사람으로 분류된 나는 모른 척 말을 아꼈다. 그녀가 베풀어준 친절에 대해 그 당시 내가 취할 수 있는 최선의 행동이었다. 물론 태교에 영향을 끼칠 것도 고려하지 않은 바는 아니었다. 누군가를 미워하면 태어나는 아이가 그 사람을 닮는다는 미신을 그 당시 나는 신앙처럼 섬겼다. 책갈피에 꽂힌 사진을 보자마자 든 생각은 두 가지였다. 그녀가 의도적으로 사진을 나에게 주었을지 모른다는 것과 사진을 잃어버리고 허망해했을 그녀의 마음이었다. 느닷없이 나타난 두 갈래 길 앞에서 내가 망설임 없이 선택한 것은 후자였다. 설령 전자의 의도로 내 수중에 사진이 들어왔다 치더라도 후자의 경우를 떨쳐버릴 수 없었다.

그녀의 집을 찾는 것은 생각보다 어렵지 않았다. 듣던 대로 능산 아래 동네까지 무턱대고 갔다. 내가 살던 은하수 아파트에서 꽤 먼 거리였다. 왜 굳이 거기까지 요리 강습을 받으러 왔는지 의문스러웠다. 주민들은 개가 사람을 문 사건을 기억했다. 그녀의 집이 있는 산 입구를 가리키며 파란 대문을 강조했다. 그곳에 아직도 사람이 사느냐는 물음에 가보면 알 거라며 내 행색을 아래위로 훑었다. 어떤 이는 거기 뭐 하러 가느냐며 부른 배를 뚫어져라 쳐다봤다. 그럴수록 호기심이 발동했다. 책이 든 가방을 움켜쥐고 발길을 재촉했다. 가파른 경사로를 지나자 산으로 향하는 외길이 나타났다. 등산로 입구를 가리키는 표지판이 보였다. 그곳에서 500미터만 가면 등산로였다. 그녀의 집은 등산로와 마을 중간에 있었다. 비슷한 모양의 집들이 드문드문 나타났다. 그중 파란 대문은 하나밖에 없었다. 높은 담 때문에 안이 보이지 않았다. 무심코 만진 대문이 맥없이 벌컥 열리는 바람에 하마터면 집 안으로 넘어질 뻔했다. 얼른 멀찍이 물러섰다. 개 소리는커녕 아무 소리도 나지 않았다. 숨을 가다듬고 집 안으로 발을 들여놓았다.

좁은 마당 한쪽으로 크고 작은 항아리와 화분들이 보였다. 빨래 건조대에는 짝이 맞지 않는 양말과 수건이 널려 있었다. 깨진 콘크리트 바닥을 뚫고 여린 새싹이 올라오고 있었다. 잡풀이었다. 현관문을 두드려도 반응이 없었다. 손잡이를 잡고 돌렸다. 잠겨 있었다. 아무리 둘러봐도 비를 피해 책을 둘 만한 곳이 없었다. 돌아서서 나오는데 열린 대문 뒤로 비어 있는 개집이 보였다. 샌드위치 패널을 이용해 만든 개집은 보통의 것보다 훨씬 컸다. 순간 어떤 장면이 떠올라 서둘러 빠져나왔다. 그 뒤에도 두 번 더 그 집을 찾아갔지만 그녀를 만나지 못했다. 연락도 되지 않았고 그녀의 행방을 아는 사람은 없었다. 출산을 며칠 앞두고 마지막으로 찾아갔을 때 포클레인이 지붕을 뜯어내고 있었다.

사진 속의 아이가 가연이라는 걸 직감으로 알았다. 가연이 이야기를 들은 것은 배가 눈에 띄게 불러올 즈음이었다. 감자 샐러드를 만든 날이었다. 요리 강습이 끝나면 바람같이 사라지던 그녀가 그날은 사람들이 다 빠져나갈 때까지 남아 있었다. 나는 느릿느릿 짐을 챙겨 일어났다. 그녀가 뒤따라 나왔다. 그날따라 세일 중인 마트에 아침 일찍 들렀다 오느라고 짐이 많았다. 내 짐을 나누어 든 그녀와 함께 1003호를 빠져나왔다. 그녀는 만류하는 나를 뿌리치고 기꺼이 우리 집 앞까지 짐을 들고 왔다. 그렇게 우리 집까지 들어오게 되었고 감자 샐러드에 토스트를 먹으며 차 한잔을 마셨다.

안 드세요? 맛있는데.

감자 샐러드에 손도 안 대고 토스트만 먹는 그녀에게 샐러드 접시를 밀어주었다.

우리 가연이 먹는 거 보고.

그녀는 커피를 한 잔 다 비우고 나서 일어나더니 집 안 이곳저곳을 기웃거리며 말을 하기 시작했다.

우리 가연이도 이런 걸 좋아했을 거야. 이렇게 예쁘게 꾸미는 걸 좋아했거든. 으뜸이 엄마 또래쯤 됐으니. 그날 거기만 가지 않았더라면 지금쯤 이렇게 꾸며놓고 살고 있겠지.

무더위가 막 기승을 부리기 시작한 여름이었다. 그녀는 다섯 살 된 가연이 손을 잡고 집 근처에 있는 백화점에 갔다. 옥상에 있는 어린이 놀이동산에서 가연이가 놀고 있는 틈을 타 지하 1층에서 쇼핑을 했다. 시식 코너를 지나 과일 코너에서 사과를 고르고 있었다. 저녁때 카레를 할 생각이었다. 카레에 사과를 넣으면 풍미도 좋아지고 무엇보다 가연이가 잘 먹었다. 고른 사과를 장바구니로 가져가는 순간 머리가 핑 돌면서 무게중심이 흔들렸다. 들고 있던 사과를 놓치고 말았다. 그녀 손을 벗어난 사과는 데굴데굴 굴러갔다. 사과를 잡으려고 손을 뻗었으나 전속력으로 구르는 사과는 한 개가 아니었다. 진열대에 있던 사과가 모조리 쏟아져 그녀를 덮쳤다. 그녀는 휘청거리며 주저앉았다. 쏟아져 내린 사과가 공처럼 튀어 올랐다. 정신을 차리고 몸을 일으키려 했으나 곧 다시 주저앉았다. 그녀는 필사적으로 몸을 일으켜 에스컬레이터를 향해 달렸다. 여기저기서 비명이 터져 나오고 흙먼지가 쏟아졌다. 멈춘 에스컬레이터를 두 칸씩 뛰어 올라갔다. 천장 중앙에 달린 샹들리에가 요란하게 흔들리더니 눈송이처럼 쏟아져 내렸다.

그녀는 매몰된 지 스무 시간 만에 탐지견에 의해 발견되었다. 가연이는 시신조차 찾지 못했다. 그녀는 두 번의 자살 미수를 겪었고 밤에도 약물에 의존하지 않고는 잠을 이루지 못했다. 아이를 살리지 못했다는 죄책감과 건물이 언제든 무너질 거 같다는 불안감에 시달렸다. 개는 그때부터 키우기 시작했다. 그녀는 정신적 불균형 속에서 살았다. 그날 이후 그녀에게는 이상한 습관이 생겼다. 모든 음식은 반드시 가연이 영전에 먼저 올린 후 입에 댔다. 자신이 먹기보다는 개에게 더 먹였다. 더 맛있는 요리를 배우기 위해 요리 강습에까지 나갔다.

가연이가 누군가의 아이로 이 세상에 다시 왔으면 좋겠어.

그녀의 시선이 내 배에 닿았다. 나도 모르게 두 손으로 부른 배를 감싸 안았다.

*

그 동네를 떠나 지금의 빌라로 이사를 온 것은 딸아이가 두 살 때였다. 전세 만기를 앞두고 주인으로부터 보증금을 올려달라는 통보를 받은 뒤 진형과 나는 머리를 맞대고 앉았다. 출산 후 아이를 맡길 곳이 필요했다. 친정엄마에게도 의탁할 수 없는 나로서는 특단의 조치가 필요했다. 다행히 아파트 단지 내에 어린이집이 있어서 그곳에 아이를 맡기고 퇴근할 때 찾아왔다. 어린이집 보모가 엄마인지, 내가 엄마인지 헷갈려 하던 아이는 차츰 안정을 찾아갔고 제법 잘 적응하며 효녀 노릇을 톡톡히 해가던 중이었다. 전세금을 올려주자니 계획에 없는 빚을 또 져야 하고, 이사를 하자니 아이를 데리고 새로운 환경에 적응할 일이 태산이었다. 대출금을 갚느라고 외식을 줄이고 문화생활을 없애느니 먹고 싶은 거 다 먹고 보고 싶은 거 다 보면서 인간답게 사는 쪽이 나았다. 우리는 정신적으로 피폐해지는 것보다 몸이 고단한 쪽을 선택했다.

아파트 전세금으로 지은 지 20년이 넘은 빌라를 구입했다. 빌라들이 밀집해 있는 동네는 먼저 살던 곳에 비해 시끄럽고 지저분했다. 도배를 새로 하고 나니 새집 같았다. 그도 잠시, 장마철이 되자 집 안 곳곳에 곰팡이가 피었다. 아이는 밤에도 자주 깨 울었다. 아이 몸에 붉은 반점이 생기고서야 병원을 찾았다. 습한 환경이 원인이었다. 뒤늦게 제습기를 들여놓고 곰팡이 제거제를 뿌렸다.

새로운 어린이집에 맡겨진 아이는 자주 아프고 칭얼댔다. 주말이면 아이를 데리고 쇼핑몰로 향했다. 집에서 꽤 멀리 떨어진 곳이었다. 지상 15층의 복합 쇼핑몰에는 없는 게 없었다. 영화를 보고 밥을 먹고 쇼핑도 하고 4층에 있는 키즈 카페에도 갔다. 키덜트 코너에 빠진 진형은 아이언맨 전신상 앞에서 세상을 다 구할 것 같은 포즈를 취했다. 1년에 두 번 해외여행을 가기로 한 약속 대신 푸드 코너에서 골라가며 세계의 맛을 음미했다. 진형이 애견 숍을 지나칠 리 없었다. 진형도 좋아했지만 아이가 까르륵 넘어갔다. 그 모습을 보니 마음이 흔들렸다. 마침 아이의 습진 증세도 호전되었을 때였다. 다행히 개가 오고 나서 아이의 건강에 치명적인 문제가 생기지는 않았다.

그날은 쉬는 날이라 모처럼 청소를 하고 있었다. 호스를 연결해 베란다 바닥을 닦고 있는데 물줄기가 엉뚱한 곳으로 나갔다. 바람도 없는데 빨래 건조대에 걸려 있는 옷걸이가 흔들렸다. 이상한 생각이 들어 물이 흐르는 호스를 바닥에 둔 채 거실로 들어왔다. 거실 바닥에서 자고 있던 아이가 보이지 않았다. 아이는 깔고 자던 담요와 함께 사라졌다. 아이 이름을 부르며 방마다 문을 열어보고 화장실까지 살폈다. 작은방 침대 밑을 들여다보다가 심장이 멎을 뻔했다. 아이는 담요에 말린 채 그 아래서 자고 있었다. 개가 아이를 호위하듯 감싸고 있었다. 경계로 가득한 개의 눈빛을 피해 담요를 끌어내는 손이 덜덜 떨렸다. 아이가 걸어서 들어갈 수 있을 만한 공간이 아니었다. 저녁이 다 되어서야 뉴스를 통해 지진이 났었다는 사실을 알았다. 사람들이 느끼지 못할 정도로 미세한 강도였다. 진동을 느낀 개가 본능적으로 담요째 물고 아이를 그 속으로 끌고 들어간 것이었다. 본능이 좋은 방향으로만 작용하는 게 아니라는 걸 익히 알고 있던 나는 한동안 아이를 품에서 내려놓지 못했다.

이사 후 그녀에 대한 소식은 듣지 못했다. 다행히 딸아이는 사진 속 가연이를 닮지 않았다. 그건 당연한 결과였는데, 아이를 보는 순간 안도의 한숨이 나왔다. 전세금이 아니었어도 그 동네를 떠나왔을 터였다. 진형에게 말은 안 했지만 나는 우리가 신념을 갖고 지켰던 것들이 더 크고 절실한 집념에 의해 와해될까 봐 두려웠다. 그녀의 경우는 운이 나빴다. 아이를 가진 모든 부모가 그녀처럼 되는 것은 아니었다. 그렇다고 아이를 가진 대다수의 부모가 나의 경우처럼 된다는 보장도 없었다. 그녀의 경우와 나의 경우 사이에는 햇살이 예쁜 은하수 아파트 1003호에서 나누어 먹던 팥죽에 대한 서로 다른 기억이 부유하고 있을 뿐 대한민국이라는 같은 하늘이 걸려 있었다. 우리는 둘째를 갖지 않기로 했다. 그때처럼 태교에 힘쓸 여력도 없거니와 그녀처럼 불운과 맞닥뜨릴 확률을 더 이상 만들고 싶지 않았다. 은하수 아파트 1003호 거실 장식장에 놓여 있던 이국적인 문양의 접시들이 우연히 거기 그렇게 자리하고 있는 게 아니라는 걸 그때는 알지 못했다. 그것은 대단히 운이 좋은 결과였다.

만
년
필

윤기의 부고를 받고 제일 먼저 떠오른 것은 그의 만년필이었다. 재킷 주머니에 늘 단정히 꽂혀 있던 검은색 만년필이 행성처럼 밤새도록 내 주변을 맴돌았다. 종내는 내가 지구이거나 지구본인 듯한 착각이 들었고, 그가 죽은 건지 만년필이 죽은 건지 슬픔도 느낄 겨를이 없었다. 아내와 한바탕 일을 치르고 샤워를 하려던 참이었다. 휴대전화가 부르르 떨었다. 무심코 집어 든 휴대전화에 윤기의 부고를 알리는 메시지가 떠 있었다. 발신 번호가 낯설었다. 메시지를 다시 살폈다. 내가 알고 있는 그 윤기가 틀림없었다. 그 순간 만년필이 떠올랐다. 벗은 채로 연달아 두 통의 전화를 받았다. 다들 나처럼 윤기의 부고를 의심하고 있었다. 만년필 따위의 안위를 걱정하는 이는 없었다. 나는 윤기를 만나기 훨씬 오래전에 이미 그의 만년필을 만난 적이 있는 것 같은 기분이 들었다.

윤기가 죽었다는 것보다 그가 암으로 죽었다는 사실에 더 아연실색했다. 그렇게 숱하게 만나는 동안 한 번도 그런 이야기는커녕 그 비슷한 내색도 하지 않았다. 혈색이 좀 안 좋은 것만 빼면 병색을 의심할 만한 낌새를 느낄 수 없었다. 목소리는 여전히 걸걸했고 떡 벌어진 어깨며 풍채도 한결같았다. 막창집을 찾아다니는 것도 변함없었다. 그의 잔에 얼마나 많은 소주를 들어부었던가. 그간 의아했던 그의 행적이 살아났다. 하지만 그게 죽음과 어떤 연관이 있는지는 알아차릴 수 없을뿐더러 딱히 그래 보이지도 않았다. 환락의 열기가 채 가시지 않은 벌거벗은 몸으로 그의 부고를 맞은 게 어쩐지 좀 미안할 따름이었다. 나는 무엇에 쫓기듯 이불 속으로 도로 기어들었다. 능숙하게 아내의 품을 파고들었다. 만년필이 우리 주위를 빙빙 돌았다. 아내가 먼 우주를 날아온 운석처럼 느껴졌다.

윤기와 나는 대학 동기이면서 고등학교 선후배 사이였다. 그가 나보다 한 살 많았지만 재수를 하는 바람에 동기가 되었다. 우리는 고등학교 시절 이미 문예반에서 만난 적이 있었다. 그는 큰 덩치에 어울리지 않게 시를 읊고 다녔고 학교 대표로 나간 공모전에서 곧잘 상을 타왔다. 학과 공부도 잘한 그는 부모님의 뜻을 저버리지 못하고 이과를 지망했다. 한의과 대학에 입학했으나 도중하차하고, 이듬해 내가 있는 대학의 문예창작학과에 들어왔다. 우리는 틈만 나면 술을 마시고 인생과 문학을 논했다. 그는 재학 시절 등단해 작가가 되었다. 나는 그보다 한참 늦게 문단에 나왔다. 학교에 다시 들어간 것만 빼고 그는 모든 게 나보다 빠르거나 나았다. 술은 둘이 같이 마시는데 나는 항상 그의 뒤에 서 있었다. 그의 뒤를 허덕허덕 쫓아가고 있었다. 간신히 따라잡았다 싶으면 그는 한달음에 껑충 달아났다. 등단도 그랬고 교수 임용도 그랬다. 은근히 샘이 났다. 그렇다고 그가 얄밉다거나 그런 건 아니었다. 그는 속이 깊어 상대방을 배려하고 위하는 데도 남달랐다. 영어 실력이 빼어났던 그는 재학 시절 틈틈이 번역 아르바이트를 했다. 그렇게 번 돈은 형편이 어려운 친구를 위해 썼다. 밥을 먹이고 책을 사 주었다. 나는 내 입에 밥 밀어 넣기도 바쁜데 그는 묵묵히 남의 밥을 챙겼다. 딱히 잘못을 하거나 허투루 살고 있는 것도 아닌데 나는 모종의 죄의식에 시달렸다. 그만 아니라면 어느 모로 보나 그런대로 괜찮은 삶을 누리고 있는 축에 속했다. 옹졸한 마음에 일부러 그를 피하기도 했다. 이를 알 리 없는 그는 나를 내버려두지 않았다. 이쪽에서 잠잠하면 저쪽에서 두드렸고, 저쪽에서 조용하면 이쪽에서 기웃거리는 사이였다. 나는 어느 순간부터 그를 내 경쟁의 반열에서 슬며시 밀어버렸다. 엄밀히 따져 내가 자진해서 퇴장했다고 하는 편이 더 옳았다. 내가 아무리 깔짝거려도 허허 웃고 말 만큼 그는 사람 좋기로 정평이 나 있는 친구였다.

윤기의 재킷 주머니에는 늘 만년필이 꽂혀 있었다. 언제부터였는지 정확히는 알 수 없으나 문예부 시절에도 그의 수중에 항상 만년필이 있었다. 어쩌다 친구들이 필통에 굴러다니는 만년필을 만질라치면 기겁을 해서 빼앗았다. 그렇다고 그것을 드러내놓고 자랑하지도 않았고, 자랑할 만한 고가의 것도 아니었다. 그런데도 그를 떠올리면 만년필이 따라오는 것으로 보아 아마 내 쪽에서 그것에 대해 심리적인 그 무엇이 작용했는지도 모른다. 그가 만년필을 글을 쓰는 도구로 사용하지도 않으면서 무슨 부적처럼 지니고 다니는 것에 상응하는 반응이었다. 필기도구로서의 만년필 그 자체에 탐욕이 있었던 건 분명 아니다. 그의 만년필에 대한 나의 집착은 병적이었다. 그의 작품이 공모전에서 상을 받거나 수상작으로 거론이라도 될라치면 작품보다 먼저 만년필이 떠올랐다. 마치 부적처럼 지니고 있는 만년필의 영험한 기운을 입어서인 듯했다. 그게 아니고서는 그의 작품이 뽑힐 이유가 없었다. 어느 모로 보나 내 것보다 못했다. 내가 그까짓 만년필 한 자루쯤 살 여유가 없는 것도 아니었다. 애초부터 구입할 의사가 없었다. 그건 자존심 상하는 일이었고, 미리부터 그에게 지고 들어가는 처사였다. 그래도 난 그의 만년필을 떨쳐버릴 수 없었다.

아무리 두드려도 등단의 문은 좀처럼 열리지 않았다. 다들 열병에 걸리기라도 한 듯 알 수 없는 신음들을 달고 살았다. 한번은 술자리에서 "이런 거 꽂고 다닌다고 소설이 되냐?" 하며 그의 안주머니에 꽂혀 있는 만년필을 낚아채 술집 벽에다 대고 낙서를 했다. 하필이면 '좆'을 썼다. 그는 야릇한 미소를 지으며 술잔을 입으로 가져갔다. 아무렇지도 않은 듯 보였다. 나는 그의 표정을 곁눈질로 훔쳐보며 낙서를 이어갔다. 벽에는 얇은 벽지가 발려 있어서 술술 미끄러지듯 글씨가 써졌다. '입 속의 검은 좆.' '그년 젖통.' '우리를 시험에 들게 하소서.' 지금 생각해보면 유치하기 짝이 없지만, 그 당시 우리에게는 삶의 윤활유 같았던 것들을 나열해갔다. 얼핏 보면 웃고 있는 듯 보였으나 그의 얼굴은 점점 굳어졌다. 다들 내가 쓰는 낙서를 들여다보며 키득거렸다. 어느 누구도 그의 표정 따위는 안중에도 없었다. 오직 한 사람, 나는 낙서보다도 그의 표정을 더 살폈다.

아니, 즐겼다고 하는 편이 정확했다. 그의 얼굴이 일그러지고 어서 폭발하기만을 기다리며 장난을 이어갔다. '누구는 데모하다 억하고 죽고, 누구는 소설이 안 써져서 열라게 그 짓 허구.' '아 씨팔, 소설하고 그년하고 누가 더 섹시해? 당연 소설이 더 섹시하지.' 처음 의도와 달리 낙서는 점점 이상한 쪽으로 흘러갔다. 구경하고 있던 동기들이 한마디씩 훈수를 두기 시작했고 어느새 나는 그것들을 받아 적고 있었다. 그날 벽 한 면을 다 메우고 만년필은 얌전히 그의 품으로 돌아갔다. 그는 끝내 폭발하지 않았고, 나는 사정을 바로 앞두고 절정에서 그만 내려오고 만 것 같은 기분이었다. 그 뒤 그런 장난은 두 번 다시 하지 않았다. 작가가 된 후에도 그의 재킷 주머니에는 여전히 만년필이 꽂혀 있었다. 가끔 자기 책을 사 들고 오는 사람들에게 그것으로 사인을 해주곤 했다.

윤기는 꾸준한 작품 활동으로 문단에서도 제법 자리를 굳힌 터였다. 인간의 본성을 꿰뚫어 조탁하는 힘이 탁월하다는 평가를 받았다. 구축해온 것만큼이나 보상도 후해 단 하나의 상을 제외하고 이름값 꽤나 한다는 상은 모두 받았다. 그를 비켜간 단 하나의 그것은 현존하는 작가에게 주어지는 가장 권위 있는 상이었다. 상을 받을 때마다 몹시 부끄러워하며 한없이 자신을 낮추던 그도 그 상만큼은 욕심이 나긴 난 모양이었다. 아니면 모자라는 하나를 마저 채워 넣고 싶은 철두철미한 성격 탓이었는지도 모르지만, 언젠가 술자리에서 그 비슷한 마음을 내비쳤다.

이번 작품 말이야. 자네가 보기에 어때?

그해 수상작은 대중적 인지도가 높은 젊은 작가의 체험담이었다.

글쎄. 그렇지 뭐.

그렇지? 좀 아니지? 가도 너무 갔어.

내 반응을 기다렸다는 듯 말꼬리를 채갔다.

너무 보이잖아. 짜고 치는 고스톱.

술판을 벌인 초입이라 그는 취하지도 않았다. 나는 그가 맨정신에 그런 이야기를 서슴지 않는 걸 거의 본 적이 없었다. 술에 취해도 점잖게 행동했고 더군다나 말실수 같은 건 생각할 수도 없었다. 나는 일부러 호기심 반, 장난기 반으로 말을 마구 섞었다.

가다니 뭐가?

그는 대답 대신 술잔을 비웠다.

그걸 진짜 몰라서 물어?

내 잔에 술을 따르며 한 손으로 허공에 X자를 해 보였다.

그 정도는 아닌 거 같은데.

내가 보기에도 그 작품이 그 상을 받을 만큼 탁월하지는 않았다. 그보다도 훨씬 좋은 작품들이 몇몇 있었다. 하지만 그런 일이야 늘 있는 일이었고, 그렇다 하더라도 그 작가에게 그 상을 준 것에 대해 그다지 거부감은 일지 않았다. 전작들이 워낙 많이 팔리기도 했고 문학적으로 공이 전혀 없는 바도 아니었다. 나름 업적을 쌓아온 노련한 작가였다. 나뿐만 아니라 다들 그 비슷한 논리로 그해 수상작을 인정하는 분위기였다. 거기에는 문학상에 대한 일말의 불신도 한몫했다. 신인에게 주어지는 것을 제외하고 대부분의 상들을 바라보는 시선이 곱지만은 않았다. 올해는 아무개 차례라고, 술자리에선 그 순서까지 돌았다. 나는 상과는 일찌감치 멀어진 터라 감히 그런 자리에 낄 엄두도 내지 못했다. 그것도 다 어느 정도 경륜에, 그만한 입지가 있는 사람들의 호사였다. 내가 보기에 문학 판은 그들의 안방이었지, 나 같은 객이 기웃거릴 데가 못 되었다. 한마디로 누가 상을 타고 안 타고의 일은 별 관심도 없었고 왈가왈부하고 싶지도 않았다. 그런 심사에 그의 말이 곱게 들어올 리 없었다. 너도 별수 없구나, 하는 심정으로 남의 떡에 침을 뱉고 싶어졌다.

상이란 게 다 그렇지 뭐.

나도 모르게 하지 말아야 할 말을 내뱉고 말았다. 순간 어색한 침묵이 흘렀다. 아차 싶어 얼른 그의 안색을 살피며 궁색한 변명을 늘어놓았다.

아니, 전부 다 그런 건 아니지만 전적으로 작품성만 보고 준다고는 할 수 없지. 물론 어느 정도 그게 된 후의 일이긴 하지만. 알고 보면 다 그런 거잖아. 열을 내고 말 것도 없지.

변명을 한다고 하는 게 내 말은 점점 더 그의 심사를 틀어놓고 말았다. 그는 대꾸도 하지 않고 술을 연거푸 마셨다. 얼굴이 점점 붉어졌다.

작품성을 문제 삼자는 얘기가 아니야. 말이 나와서 그렇지, 그만큼 써댔으면 발가락으로 써도 그림은 나오잖아. 자네도 거긴 동의하지?

나는 마지못해 고개를 끄덕거리면서도 밸이 꼬였다. 아니, 그럼 상 하나 못 받는 나 같은 놈은 그만큼 써대질 않아서 그렇단 말인가. 도대체 무슨 말을 하고 싶어서 저러지, 싶어 꼬인 밸을 꾹 누르고 있었다.

소설이 아니야, 수기라고. 반성만 있지, 감동이 없어. 엄밀히 말해 소설이라고 할 수 없어.

무슨 대단한 일침을 놓을까 싶어 기대하고 있던 나는 그만 웃음을 터뜨리고 말았다. 그의 표정은 진지하다 못해 엄숙하기까지 했다. 그런데 입에서 나온 말은 의외였다. 나는 그가 장난을 한다고 생각했다.

　감동도 없는 소설보다야 그게 백번 낫지. 그리고 수기면 또 어때? 소설에 형식이 따로 있는 것도 아니고. 난 또 뭐 대단한 문제가 있다고. 그런 자네는 수기를 소설입네, 하고 내놓은 적 없나?

　소설을 쓰는 사람이라면 누구든 그런 경험이 있는 터라 나는 별 의미 없이 툭 던졌다. 그게 잘못된 게 아니라는 건 자명한 사실이었으므로 그의 터무니없는 주장에 쐐기를 박고 싶은 마음도 한몫했다. 그때였다. 꾹 다문 입이 파르르 떨렸다. 그는 뭔가 할 말이 있는 눈치였다. 나는 놀란 기색을 애써 감추고 그의 입만 뚫어져라 바라봤다. 경련이 이는 입은 마치 벌레 같았다. 어렸을 적 누이와 하던 짓궂은 장난이 떠올랐다. 비 오고 나면 마당에 발 디딜 틈도 없이 지렁이가 바글댔다. 장난이 심했던 누이는 독에서 어머니 몰래 소금을 한 바가지 퍼가지고 와선 지렁이 위에 휘휘 뿌렸다. 소금을 뒤집어쓴 지렁이는 바득거리다 잠잠해졌다. 그의 입이 꼭 그 모양이었다. 소금을 뒤집어쓴 지렁이 한 마리가 꿈틀거리는 듯했다. 입은 끝내 열리지 않았고 얼굴은 점점 경직되더니 마침내 이마에 식은땀까지 솟았다. 그런 모습은 처음이었다. 나는 내가 무슨 실수를 했는지 끝내 알아차리지 못했다.

내가 서둘러 화제를 바꾸는 바람에 그 일은 그쯤에서 끝이 났다. 그의 작품이 수상작과 경합을 벌이다가 탈락한 것도 아닌데, 그날 그는 몹시 비분강개했다. 내가 아니라 다른 사람한테 그런 말을 들었다면 틀림없이 더 격한 자리가 되었을 게 분명했다. 나는 그날 그의 다른 모습을 보았고 적잖이 실망을 했다. 물론 그도 나의 태도에 심사가 상했을 터였다. 그날 그의 재킷 안쪽에 만년필이 꽂혀 있었는지 어땠는지는 기억나지 않는다.

올해 윤기가 그 상 수상자로 결정되었다. 수상작은 지난해 발표한 단편으로 10여 년 전에 있었던 대구 지하철 참사를 소재로 한 작품이었다. 발표 당시에도 주목과 찬사를 받았다. 문학계에선 그때 이미 수상을 점쳤다. 만장일치로 심사위원들의 극찬을 받으며 수상작으로 선정되었다. 그는 수상을 거부했다. 이유는 없었다. 굳이 말하자면 자신이 받기에 너무 과한 상이라고 했다. 권위 있는 상에 오점을 남겨 죄송하다는 말만 남겨둔 채 그는 자리에서 일어났다. 카메라는 당당하게 회견장을 빠져나가는 대가의 뒷모습을 오래 잡았다. 머리가 희끗희끗한 중견작가는 또 다른 영웅으로 비쳤다. 삽시간에 인터넷 인기 검색어에 그의 이름이 등장했다.

작품은 중병을 앓는 한 남자가 사고 지하철을 탔다가 변을 당한다는 설정이었다. 남자가 탈출하는 과정에서 자신의 다리를 부여잡고 매달리는 한 여학생을 만나 갈등 속에 그 여학생을 뿌리치고 나오다가 다시 불길 속으로 되돌아가는 스토리를 중심으로 미묘하게 얽혀 있는 두 사람의 심리를 탁월하게 파헤쳤다는 평을 들었다. 그의 수상 거절을 두고 흉흉한 소문이 떠돌았다. 그때 가족을 잃었는데 제대로 된 보상을 받지 못한 것에 대한 무언의 항의라고도 했고, 지인을 잃었는데 지켜주지 못한 책임을 통감하는 뜻에서 수상을 거부했다고도 했다. 심지어는 소설 속의 남자가 바로 그였다는 말까지 나돌았다.

빈소에는 일찌감치 도착한 화환들이 늘어서 있었다. 아직 이른 시간이라 문상객은 그리 많지 않았다. 다연과 장성한 두 아들이 문상객을 맞았다. 그녀는 학교 다닐 때부터 우리와 함께 몰려다녔다. 같은 학교 식품영양학과에 다니던 다연은 생전 처음 보는 음식들을 싸 들고 와 음식에 대한 식견과 편견을 넓혀주고 깨주는 데 열성이었다. 둘은 항상 붙어 다녔고, 우린 그런 둘을 떼어놓기 위해 짓궂은 장난도 마다하지 않았다. 다연은 화를 내는 대신 겨자를 잔뜩 넣은 만두로 복수하곤 했다. 오랜만에 본 다연은 정

수리에 흰머리가 무더기로 보였다. 나를 보자마자 눈물 바람으로 주저앉았다. 두 아들이 주먹으로 눈물을 훔치며 그녀를 일으켜 세웠다. 국화꽃에 둘러싸인 영정 속에서 윤기가 희미한 웃음을 머금은 채 이를 내려다봤다. 바로 나오기가 뭐해 다연이 안내하는 자리에 앉았다. 나는 무슨 말부터 해야 할지 몰라 앞에 놓인 음료수를 만지작거렸다. 절친한 친구가 암을 앓고 있었다는 것도 몰랐다는 사실이 미안하기도 하고 수치스럽기도 해 자초지종을 묻지도 못하고 눈치만 살폈다.

상심이 많겠어.

오랜만에 본 다연에게 존대를 해야 하나 어쩌나 고심하며 어렵게 입을 뗐다. 맞은편에 앉아 눈물을 찍어대던 다연이 입을 열었다.

준석 씨는 혹시 알고 있었어?

뭘?

암인 거.

나는 대답 대신 고개를 가로저었다.

하긴 나도 몰랐으니. 혼자서 이미 병원에 다녀왔더군. 아주 손쓸 수 없는 정도는 아니었어. 그런데 치료를 거부했어.

다연은 터져 나오는 울음을 삼키느라 어깨를 들먹거렸다.

몹쓸 사람 같으니라고. 에잇, 나쁜 친구. 다연 씨, 저런 나쁜 놈은 빨리 잊어버려. 세상에 이럴 수가 있나.

나만 모르고 있던 게 아니었다. 흥분한 내 목소리는 필요 이상으로 커졌다.

정 떼려고 그랬는지 얼마나 냉랭하게 대했는지 몰라. 그래도 그렇지.

다연은 울먹이느라 말을 잇지 못했다. 나는 어찌할 바를 몰라 한숨만 내쉬었다. 윤기에 대한 연민이나 슬픔보다는 다연까지 속이고 서둘러 떠난 그가 이상하게 느껴졌다. 분노마저 들었다. 더 앉아 있다가는 무슨 실수를 할까 싶어 자리를 털고 일어나려던 참이었다. 울먹이던 다연이 쥐고 있던 손수건으로 팽 하고 코를 눌러 풀고 나서 나를 건너다봤다. 퉁퉁 부은 눈가가 붉었다.

혹시 짚이는 거 없어?

뭐가?

다연이 잠시 침묵하고 나서 입을 열었다.

그이를 죽음으로 몬 거.

순간 내 귀를 의심했다. 암이라고 명백한 사인이 있는데, 이 무슨 말인가.

그이는 스스로 목숨을 버렸어. 암이 원인이 아니야. 그전에 무슨 일이 있었던 게 분명해. 병이 들기 전에 이미 죽어가고 있었거든.

다연의 목소리는 방금까지 울먹이던 것과는 다르게 야무지고 옹골찼다. 확신에 찬 목소리였다.

그게 무슨 말이야?

혹시 그런 낌새 못 챘어?

글쎄. 모르겠는데.

무슨 이야기를 하는 건지 도통 감을 잡을 수 없었다.

다른 사람은 몰라도 준석 씨는 알 거 같았는데.

내가 고개를 갸웃거리자 다연은 다소 실망한 듯한 표정으로 말을 잇지 못했다. 어안이 벙벙해진 나는 무심히 다연을 건너다봤다. 그때 누군가가 우리가 앉아 있는 자리로 다가왔고, 기척을 느끼고 힐끗 올려다본 다연이 벌떡 일어났다. 두 사람이 끌어안고 통곡을 하는 사이 나는 장례식장을 빠져나왔다. 운전을 하면서도, 집에 돌아와서도 일이 손에 잡히지 않았다. 윤기를 죽음으로 몰아간 게 암이 아니라니. 스스로 목숨을 버렸다고 힘주어 말하던 다연의 생생한 눈빛이 뇌리에서 사라지지 않았다. 무엇보다 내게 잔뜩 기대를 걸고 벼르던 이야기를 어렵게 꺼낸 다연에게 실망을 안겨주었다는 자책 아닌 자책이 나를 괴롭혔다. 그래서였을까. 시간이 지날수록 나는 점점 그녀의 말에 동조하다 끝내는 기정사실화하기에 이르렀다. 그리고 그 원인을 밝히는 게 윤기가 내게 마지막으로 주고 간 숙제라도 되는 양 거기에 골몰했다. 아무리 생각해도 짐작 가는 데가 없었다. 꼬투리조차 찾지 못했다. 숙제를 하지 못했다는 미안함에 마음이 빚처럼 쌓여갔다. 한참이 지나서야 그날 다연에게 만년필에 대해 물어보지 않았음을 깨달았다.

사십구재를 치르고 두 달 정도 지났을까. 다연이 유작 출간과 관련해 의논할 게 있다며 연락을 해왔다. 출판사에서는 서로 먼저 윤기의 유작을 차지하려고 벌써부터 물밑 전쟁이 한창이었다. 그와 절친했다는 이유로 내게도 적지 않은 로비가 들어왔다. 나는 아직 흙도 마르지 않았는데 유작이라는 타이틀로 너무 쉽게 그를 떠나보내는 게 내키지 않았다. 그보다 죽음을 앞세워 장사를 하려 드는 이 바닥의 천박한 생리가 거슬렸다. 몇 군데에서 들어온 섭외를 마다하고 있던 참인데 다연 입에서 먼저 유작 어쩌고 하는 말이 나오자 기분이 개떡 같아졌다. 장례식장에서 확신에 차 이야기하던 그녀의 모습이 낯설게 살아났다. 난 여전히 숙제에 골몰해 있었다. 불편한 심기로 만남의 장소에 나갔다. 그새 다연은 몰라보게 야위었고 입가에 주름도 더 깊어졌다. 그녀는 미리 와 위스키 한 잔을 비우고 있었다. 자리에 앉자마자 내게 USB 하나를 건네주었다.

미발표된 것들이야. 난 들여다봐도 모를 것 같아서 가져 왔어.

다연은 아직도 윤기가 암으로 죽었다는 데 동의하고 있지 않았다. 전화상으로 떠들었던 유작 출간 이야기는 핑계에 불과했다.

바쁜데 자꾸 귀찮게 하는 것 같아서.

그녀는 나처럼 유작 출간에는 관심이 없었다. 절친했던 친구와의 우정 때문인지, 내 앞에 처연히 앉아 있는 다연에 대한 연민 때문인지 나는 알 듯 모르는 기묘한 기분에 휩싸인 채 그녀의 말에 귀를 기울였다.

지금 생각해보니까 그이가 이상해진 건 그때 이후였어.

그때라니?

벌써 14년 전이네. 대구에 갔다가 그 사고를 당한 뒤부터였어.

사고?

있잖아. 대구 지하철에 불나서….

다연이 얼굴을 찡그리며 말을 잇지 못했다.

대구 지하철 참사?

응. 그때 이후 이상해진 거 같아.

정 교수가 그때 거기 있었어?

몰랐어? 하긴 나한테도 입단속을 단단히 시켰으니까. 대구의 '대' 자만 꺼내도 화를 벌컥 냈으니.

처음 듣는 얘기였다. 그날 그는 분명히 늦은 저녁 무교동 낙지 골목에서 나와 함께 소주잔을 기울이고 있었다. 나는 점심을 부실하게 먹은 터라 공깃밥을 시뻘건 낙지볶음에 비벼 입 한가득 밀어 넣었다. 그는 밥 생각이 없다며 간간이 계란탕을 떠먹는 시늉만 할 뿐 낙지볶음에는 손도 대지 않았다. 거의 말을 하지 않았으며 내가 떠드는 소리에 가끔 고개를 끄덕이는 정도였다. 본래가 말이 많은 친구가 아니어서 우리 둘의 술자리는 언제고 그런 모양이었다. 그러다가 취기가 더 오르면 눈을 감은 채 고개를 끄덕이다가 종내는 아무 곳에 엎드려 잠이 들었다. 그날 그는 평소보다 빠른 속도로 술잔을 비웠다. 술이 아니라 시간을 잡아먹고 있는 것처럼 보였다. 말끔한 차림이었는데도 씨름판에서 한바탕 뒹굴고 온 사람처럼 몹시 피곤해 보였다. 우리는 일찍 술판을 접고 일어났다.

무교동에서 술 먹었는데?

미쳤군! 그러니까 암에 걸렸지.

다연이 기가 찬다는 듯 말을 잇지 못했다. 그날 다연은 친정에 제사가 있어 이튿날에야 집에 돌아왔다고 했다.

그 친구가 정말 거기에 있었어?

다연의 말에 의하면 그는 그날 대구의 한 대학에서 특강을 하기로 되어 있었다. 새벽같이 대구로 향했다. 동대구역에서 지하철을 탔다. 중앙로 다음 역인 반월당역에서 2호선으로 갈아탈 예정이었다. 열차가 중앙로역에 들어섰다. 승강장이 연기로 뿌옜다. 정차한 열차에 탄내와 함께 연기가 스며들기 시작했다. 열차가 곧 출발한다는 안내 방송이 흘러나왔다. 불길한 예감이 들었다. 주변을 둘러보았다. 사람들은 별 동요 없이 앉아 있거나 서 있었다. 탄내는 점점 더 심해졌고 연기는 자욱하게 객차를 채웠다. 이상을 감지한 사람들이 웅성대기 시작했다. 문은 열리지 않았다. 그때 인부로 보이는 한 남자가 메고 있던 가방에서 망치 비슷한 연장을 꺼내 창문을 깼다. 사람 하나가 간신히 빠져나갈 만한 구멍이 생겼다. 구멍으로 뜨거운 기운이 훅 끼쳤다. 사람들이 몰려왔다. 천천히. 천천히. 어린애와 여자부터. 창문을 깬 인부가 소리치며 사람들을 밖으로 밀어냈다. 우왕좌왕하던 사람들이 차례대로 빠져나갔다. 그도 인부의 도움으로 그곳을 탈출했다. 열차는 이미 화마에 휩싸이고 있었고 검은 연기가 승강장을 꽉 메웠다. 다행히 그는 별 탈 없이 역을 빠져나왔다. 대기하고 있던 앰뷸런스를 타고 인근 병원에서 간단한 응급조치를 받은 후 바로 서울로 올라왔다.

그러고 나를 만난 거야? 진짜 미친놈이군!

뉴스를 보고 전화를 했더니 사우나에 있더라고. 탄내가 많이 뱄나 봐. 옷까지 새로 싹 사 입은 걸 보니. 그러고 왔으니 난 정말 괜찮은 줄 알았지. 이 얘기도 한참 있다 들었어.

나는 오랫동안 맞추지 못한 퍼즐 조각을 제자리에 쏙 밀어 넣는 기분이었다. 평소 그답지 않게 지나치게 말쑥했던 그날 그의 모습이 스쳐 지나갔다. 발은기침을 자주 해 감기에 걸렸느냐고 물었던 것도 같았다. 그래도 여전히 맞추지 못한 퍼즐 조각이 남아 있었다. 그날 약속은 아주 사소한 거였다. 엄청난 일을 당한 그가 굳이 그렇게까지 나오지 않아도 되는 자리였다. 그 사고가 아니었더라도 대구까지 갔다가 만나러 나올 정도로 깍듯한 예를 필요로 하는 사이도 아니었다. 게다가 그는 불과 몇 시간 전에 일어났던 일에 대해 그날 내게 단 한 마디도 내색하지 않았다. 돌이켜보면 이상한 점이 한둘이 아니었다. 유난히 빠르게 비우던 술잔이며 묻는 말에 멍하게 대응하던 눈빛과 누군가를 찾는 듯 주변을 자주 두리번거리던 일, 그리고 이를 소재로 한 작품과 수상 거절까지. 무엇이 나를 흥분되게 하는지도 모른 채 나는 어떤 절대적인 기대감 속으로 빠져들었다.

그 일 이후로 사람이 달라졌어. 말수가 부쩍 줄고 잘 웃지도 않고 사람을 피하고. 심지어는 저녁 식사도 혼자 할 때가 종종 있었어. 그때 받은 충격이 커서 그런가 보다 했지. 갈수록 그 증세가 더 심해졌어. 윤기 씨는 스스로 죽음을 선택한 거야.

그럴 만한 이유가 없을 텐데?

그걸 알고 싶어서.

다연은 잠시 침묵했다.

배신감 때문이야. 평생을 허수아비하고 살아온 것 같았어. 마치 나 몰래 차린 딴살림을 죽고 나서야 이 두 눈으로 똑똑히 목격하는 기분이거든. 이걸 극복하는 방법은 부정하는 길밖에 없잖아.

나는 그녀가 좀 더 구체적이고 신빙성 있는 물증을 내놓기를 기대했다.

확실히 변했어. 이런 얘기까지 해야 하나 싶은데. 이불 속에서 어쩌다가 내 살이 닿을라치면 기겁을 하고 몸을 사렸어. 얼마나 끔찍하고 수치스러웠냐 하면, 마치 더러운 똥물이라도 튀긴 것처럼 굴었어. 공벌레 같았어. 아주 작은 충격에도 몸을 공처럼 마는 거대한 공벌레. 그 공벌레는 점점 고슴도치가 되어갔지. 뾰족한 가시로 무장한 고슴도치에 맞서 나도 고슴도치가 되었어. 그 가시 속으로 섞여 들려면 나도 가시가 되는 수밖에 없으니까. 하지만 그이의 가시는 우리가 살아온 날보다 더 촘촘하고 첨예해 섞여들수도, 닿을 수도 없었어. 처음에는 자존심도 상하고 분하기도 해 따지고 악을 썼지. 도대체 내가 뭘 잘못했냐고. 내가 잘못한 건 하나도 없대. 그냥 자기를 좀 내버려두면 안 되겠냐며 되레 사정을 하는데 더 이상 화도 못 내겠더라고. 자연히 나도 입을 다물게 되고. 그렇게 점점 멀어지다가 자연스럽게 각방을 쓰게 됐어.

긴말 끝에 다연이 발갛게 상기된 얼굴로 한숨을 몰아쉬었다. 위스키를 벌써 세 잔째 비우고 있었다. 나는 뜻하지 않은 다연의 고백에 당황은커녕 재미까지 느끼고 있었다. 그녀가 하던 말을 어서 이어주기를 은근히 고대했다.

준석 씨 앞에서 별 얘기 다 한다. 알잖아. 우리 사이가 얼마나 유별났는지. 병이 그리 깊지 않았을 적이지 싶어. 물론 난 까마득히 모르고 있었지만. 그러니까 각방을 쓴 지 꽤 됐을 적이야. 어느 날 우연히 그이가 방에서 그 짓을 하는 걸 봤어. 해 질 녘 베란다에서 걷은 빨래를 품에 하나 가득 안고 그 사람 방문 앞을 지나치려는데 이상한 기분이 들었어. 아무 소리도, 기척도 나지 않는데 방문 저 안쪽이 궁금한 거야. 가만히 문을 밀었지. 문틈이 벌어졌어. 그이 뒷모습이 보였어. 바닥까지 흘러내린 추리닝 바지와 살집이 빠진 앙상한 다리, 그리고 출렁이던 셔츠 뒷자락. 그이가 울면서 그 짓을 하고 있다는 걸 알 수 있었어. 그 선하고 큰 눈망울에 눈물이 그렁그렁 고였다는 걸 출렁이는 뒷모습만 봐도 짐작할 수 있었지. 셔츠 뒷자락에서 가시가 다 빠져나간 짐승의 냄새가 났어. 달려들어 그 뒷자락을 와락 움켜쥐고 싶었지. 가만히 문을 닫고 방을 등지고 앉아 빨래를 개기 시작했어. 그이가 즐겨 입는 푸른 셔츠의 주름을 손바닥으로 펴가며 네 귀퉁이를 맞추어 접었어. 저녁을 조금 일찍 먹지 않은 걸 후회하며 말이야.

북소리가 둥둥 울렸다. 다연은 말을 하는 게 아니라 북을 치고 있었다. 자신의 키를 훌쩍 넘는, 아름드리 팽팽히 당겨진, 모진 시간에 길들어 더 이상 갈라지고 터지지 않는, 둥글고 환한 북의 심장을 둥둥 두드렸다. 나는 북소리의 여운이 사라질 때까지 송장처럼 앉아 있었다.

준석 씨도 그이가 죽을힘을 다해 밀어내려고 한 게 나라고 생각해?

갑작스러운 질문에 말문이 막혔다. 내가 머뭇거리는 새에 그녀가 말을 이었다.

그이가 마지막 숨을 쉴 때까진 그렇게 철석같이 믿었어. 그런데 그 빈자리를 보는 순간 '이건 인재가 아니라 천재지변이었구나' 하는 확신이 드는 거야. 그러니까 그로서도 도저히 어찌해볼 수 없는 불가항력적인 그 무엇이었다는 거지. 사람이 참 간사해. 어떻게 해서든 자기한테 유리한 쪽으로 몰아가니.

그래서 그 무엇이 알고 싶은 거네?

준석 씨라면 뭔가 짚이는 데가 있을 거 같았어.

말을 마친 그녀가 위스키를 오래 마셨다. 급속도로 피로가 몰려왔다. 나는 한 손으로 목덜미를 지그시 눌렀다. 북소리는 여운마저 사라지고 없었다. 그날도 만년필에 대해 묻지 못했다.

집으로 돌아온 나는 다연이 건네준 USB를 노트북에 꽂고 창을 띄웠다. 미발표된 원고는 중편 한 편, 단편 세 편, 쓰다 만 거 다섯 편이었다. 일기 형식의 산문이 여러 편 있었고, 작품을 수정하는 데 써먹었을 법한 토막글들이 여럿 보였다. 이를테면 작품 중 어떤 장면을 여러 갈래로 다르게 써놓고는 그중에 하나를 선택해서 작품으로 발표하고 나머지를 지우지 않고 그대로 둔 경우였다. 다 똑같군. 빙그레 미소가 샜다. 나도 이런 수법을 곧잘 썼다. 선택되지 못한 그 나머지를 버리지 않고 쌓아두는 버릇도 같았다. 죽은 친구가 살아온 듯 반갑고 설렜다. 그와 소주잔을 마주하고 앉은 듯했다. 밤이 깊은 줄도 모르고 작품을 하나하나 읽어갔다. 대부분 처음 보는 내용인데 그중에 선명하게 떠오르는 대목의 글이 보였다. 지난해 발표하고 올봄에 수상작으로 거론되었지만 그가 수상을 거부해서 더 유명해진 작품의 한 대목이었다. 아마도 채택되지 못한, 그것의 또 다른 버전인 듯싶었다. 원래 정사보다 야사가 더 흥미진진한 법. 나는 침을 꿀꺽 삼키고 호기심 어린 눈으로 글을 읽기 시작했다.

객차를 빠져나온 나는 사람들이 쏠리는 방향으로 휩쓸려갔다. 어디서 그렇게 많은 사람들이 쏟아져 나왔는지, 그건 덩어리였다. 사람들은 저마다 입과 코를 틀어막고 하나의 거대한 덩어리가 되어 움직였다. 덩어리에서 떨어져나가는 순간 모든 게 정지된다는 슬로건이라도 걸고 있듯이 다들 일사불란하게 덩어리에 합류했다. 나도 재빠르게 그 덩어리 속으로 파고들었다. 연기 때문에 앞이 잘 보이지 않았다. 발이 밟히고 정강이를 걷어채었다. 나 또한 누군가의 발을 밟고 정강이를 걷어찼다. 발소리 속에 흐느낌이 섞여 났다. 덩어리는 두 개의 계단을 지나 또 다른 계단으로 향했다. 승강장 천장까지 가득 들어찬 검은 연기가 역류해서 사방으로 흩어졌다. 숨이 막혔다. 눈이 따갑고 살갗이 타들어가듯 뜨거운 열기가 느껴졌다. 눈에서 눈물이 흘렀다. 덩어리가 출렁출렁 요동쳤다. 여기저기서 탄식과 비명이 새 나왔다. 스멀스멀 덩어리가 부서지고 있었다. 누군 가의 고통스러운 외침이 이어지다가 잦아들었다. 잠깐만. 사람이 깔렸어. 야, 이 개새끼야. 어딜 밟고 가. 여보, 괜찮 아? 이봐, 정신 차리라고. 나는 겉옷을 벗어 입과 코를 틀 어막았다.

이제 덩어리는 완전히 박살 났다. 뿔뿔이 흩어진 사람들 이 필사적으로 계단을 올라갔다. 다리에 힘이 풀렸다. 아 무 생각도 나지 않았다. 살아야 한다. 여길 빠져나가야 한 다. 오로지 그 문장만 머릿속에 맴돌았다. 내 생애를 통틀 어 이렇게 다급하고 절실한 적이 없었다. 아내와 아이들 의 얼굴이 지나갔다. 뜨겁고 매캐한 기운이 등짝을 훅 훑 었다. 발이 떨어지지 않았다. 이를 악물고 한 발 한 발 나아 갔다. 조금만 더. 조금만 더. 몸이 아니라 껍데기가 걷고 있 는 것 같았다. 나는 쓰러지기 일보 직전이었다. 그때였다. 오른발이 떨어지지 않았다. 아무리 애를 써도 꿈쩍도 하지 않았다. 올가미에 걸린 듯 견고하고 단단한 악력이 느껴졌 다. 뒤를 돌아봤다. 강유미. 교복 이름표가 눈에 들어왔다. 내가 서 있는 곳에서 두 칸 아래, 여고생이 내 오른쪽 발목 을 움켜쥐고 있었다. 여고생과 눈이 마주쳤다. 이미 지칠 대로 지친 눈은 두려움으로 가득했다. 살려주세요. 눈빛이 말했다. 나는 돌아 내려가 여고생을 부축했다. 여고생은 젖은 낙엽처럼 내게 들러붙었다. 그 무게는 젖은 소금 가마니였다. 도저히 발을 뗄 수 없었다. 게다가 물귀신처럼 물고 늘어지는 탓에 꼼짝도 할 수 없었다. 검은 연기가 무서운 기세로 몰려왔다. 점점 의식이 희미해졌다. 나는 여고생을 품에서 떼어놓고 재빨리 돌아섰다. 채 한 걸음도 옮겨놓기 전에 여고생이 바지 자락을 움켜쥐고 놓아주지 않았다. 잡힌 다리를 힘껏 내둘렀다. 그러면 그럴수록 악력이세졌다. 그 순간 이상한 오기가 발동했다. 살아서 나가느냐, 그렇지 못하느냐는 순전히 저 애의 손아귀에서 빠져나가느냐 마느냐에 달렸다. 여고생의 안위는 아예 의식 밖이었다. 아니, 애초부터 그런 게 존재하지도 않은 듯했다. 그건 너무나 당연한 일처럼 생각되었다. 저 애를 데리고 가는 것은 죽음을 자초하는 일이야. 둘이 죽느니 하나라도 살아야지. 희미한 내 의식은 오로지 거기에 매달렸다. 나는 어떻게 하면 남의 눈에 띄지 않고 저 악력을 물리칠까 고민했다. 언젠가 본 영화의 한 장면이 떠올랐다. 코트 안쪽 호주머니에 꽂혀 있는 만년필을 꺼내 움켜쥐었다. 몸을 뒤로 돌려 만년필을 치켜들었다. 여고생의 손등을 힘껏 내리찍었다. 짧은 비명이 들리는 듯했다. 여고생은 더 악착같이 움켜쥐었다. 나는 다시 손을 치켜들고 내리꽂았다. 연달아 미친 듯이 내리쳤다. 바지 자락을 움켜쥔 손이 차츰 풀리더니 여고생의 몸이 맥없이 뒤로 젖혀졌다. 그리고 계단 아래로 구르기 시작했다. 나는 만년필을 연기 속에 집어 던지고 앞으로 나갔다. 계단을 한꺼번에 두세 개씩 성큼성 큼 올라 그곳을 빠져나왔다.

지하 2층 계단에서 숨진 채 발견된 여고생 강유미 양은 함께 사는 할머니 병간호를 하고 뒤늦게 등교하다가 변을 당한 것으로 알려졌습니다. 정비공 오지호 씨도 부모님이 입원해 있는 병원에서 밤을 새우고 사고 열차에 탑승한 것 으로 알려졌습니다.

아내는 아예 눈물 바람이었다. 나는 밥숟가락을 놓고 일 어났다. 아내가 저 속에서 살아 돌아온 나 때문에 우는 건 지, 아니면 텔레비전 속 사연 때문에 우는 건지 궁금했다.

글을 다 읽고도 한참 멍하니 앉아 있었다. 비로소 마지 막 퍼즐 조각 하나를 끼워 넣었다. 다연은 이것을 읽었을 까. 읽었다면, 그러고도 알아차리지 못했다면 진정 허수아 비처럼 살았다. 휴대전화를 집어 들었다. 윤기가 죽을힘을 다해 밀어내려고 한 건 네가 아니야, 라고 말해준 뒤 그다 음… 뭐라 하지.

겨울을 지키는 왕

왕이 된다는 것은 무엇을 의미할까. 그것은 좋은 일일까. 먹고 싸고 자는 데 도움이 되는 일일까. 만약 그렇다면 한 번쯤은 왕이 되어보고 싶다. 요즘 그가 제일 많이 하는 생각이었다. 일평생 그의 관심은 오로지 그것뿐이었다. 잘 먹고 잘 싸고 잘 자는 것도 아닌, 그냥 먹고 싸고 자고. 아니, 관심도 아니었다. 관심이라면 최소한 어떤 의지 같은 게 있어야 했다. 또한 의지라 하면 상황이나 상태를 더 나은 방향으로 개선하고자 하는 마음가짐이 있을 때 적용되는 말이었다. 그에게는 그런 게 없었다. 의지나 개선이 마음먹은 대로, 노력하는 대로 통하지 않았다. 그러니까 관심이라고 말하는 것은 정확한 표현이 아니었다. 그래도 이 마당에 어쨌거나 관심이라고 해두자.

먹고 싸고 자는.

골똘히 생각해봐도 그 답을 찾을 수 없어 다행히 그는
왕이 되는 꿈을 꾸진 않았다. 한동안은 왕의 백성에 대해
서도 골몰했다. 백성이란 무엇이며 그것이 된다는 것은 좋
은 일인가. 행복한 백성은 어디서 오는가. 왕과 백성의 차
이는 무엇인가. 먹고 싸고 자는 게 다를까. 어떻게 다를까.
왕국은 왕의 나라인가, 백성의 나라인가. 나는 왕국에서 살
고 있는 것인가. 나는 왕이 아니다. 그렇다면 백성인가. 누
구의, 어느 왕의, 어떤 왕국의 백성인가. 그는 오늘따라, 지
금에야, 왜인지 모르게 그 생각이 자꾸 더 났고, 왠지 억울
한 기분을 지울 수 없었다. 언제나 그렇듯이 자신이 할 수
있는 최선의 행동을 취했다. 젖은 옷을 갈아입었는데도 몸
이 으슬으슬 떨렸다. 방 안을 사선으로 가로지르는 빨랫
줄에서 수건을 걷어 문틈을 막았다. 그가 아끼는 분홍색
수건이었다. 오로지 얼굴 닦는 데만 사용하는, 그의 신념
이 묻어 있는 수건을 두 손으로 꼭꼭 눌러가며 문틈에 쑤
셔 넣었다. 문틈을 다 막는 데는 턱없이 모자랐다. 그는 수
건이 조금만 더 길면 완벽했을 텐데, 라고 생각하며 빨랫
줄을 올려다봤다. 반팔 티셔츠와 솜바지와 양말 몇 켤레가
널려 있었다. 그는 노란 티셔츠를 걷어 여분의 문틈에 꼼

꼼하게 쑤셔 넣었다. 이제 완벽해 보였다. 이 정도면 방 안으로 물이 스며들지는 않을 것이다. 최선을 다했으니까. 방은 원래 잠을 자는 곳이지, 물을 저장하는 데는 아니잖아. 그는 애써 마음을 달래며 이불 속으로 들어갔다. 미지근한 전기장판에 몸을 밀착시키고 죽은 듯 엎드렸다. 졸졸졸. 밖에서 물소리가 이어졌다. 그새 물소리의 세기가 달라졌다.

최선을 다한 게 아니었군.

그는 몸을 일으켰다. 방문을 열자 물소리가 한꺼번에 달려들었다. 부엌 바닥은 이미 물로 흥건했다. 그는 슬리퍼를 신고 절룩거리며 발걸음을 뗐다. 한 걸음을 떼어놓기도 전에 물이 슬리퍼 속으로 들어왔다. 부엌을 둘러보았다. 작은 냉장고와 간이 싱크대, 냄비와 그릇 들이 아무렇게나 놓여 있었다. 물은 구석에 붙어 있는 보일러에서 흘러나왔다. 며칠 전부터 보일러 소리가 들리지 않았다. 처음에는 그조차도 인지하지 못했다. 크으웅. 오래된 보일러는 요란한 소리를 냈다. 어느 땐 불도저가 집 안으로 들어온 것마냥 시끄러웠지만 그는 개의치 않았다. 냉장고 소음과 함께 그의 집에서 나는 유일한 기계음이었다. 이 소음을 들을 적마다 뭔지 모를 뿌듯함이 들곤 했다. 그건 안도감이기도 했다.

살아 있다는, 집이 살아 있다는, 아니 그 자신이 살아 있다는 증거였다. 그래서 그는 귀에 거슬리고 신경을 긁어도 그 소음을 싫어하지 않았다. 하지만 자주 인식하지 못했다. 벽에 붙은 온도조절기에 빨간불이 들어오지 않은 지 며칠이 되었는데도 그는 알지 못했다. 다만 방이 너무 춥다며 전기장판 온도를 높였다가 낮추었다가 했다. 텔레비전에서는 기온이 크게 떨어져 독감 환자가 늘어났다고 했다. 그는 그런 줄로만 알았다. 날씨가 너무 추우니까. 겨울이니까. 감기도 걸리고. 다들 추우니까. 다 그런 거니까. 겨울에는. 너나없이 독감에 걸릴 수도 있고. 죽을 수도 있으니까. 전기장판 온도를 높이면 전기세가 많이 나오지만, 그런 것은 어쨌든, 당장 추우니까. 얼어 죽지 않으려면 할 수 없지 않겠냐고. 죽는 것은 무섭지 않지만, 얼어 죽는 것은 인간으로서 최선의 방안은 아닌 것 같아서, 차마 그럴 수는 없지 않겠냐고. 휴대전화도 없는 그는, 이 겨울을 무사히 나기 위해 정신을 바싹 차려야 한다고 자신을 자주 다그쳤다. 속절없이 전기장판만 켜댔다.

그는 늦은 아침밥을 먹기 위해 부엌에 나왔다가 바닥이 흥건히 젖어 있는 것을 발견했다. 다리 때문에 곧잘 중심이 흔들리는 그는 무엇을 쏟거나 흘리는 일에 익숙했다.

그는 걸레로 바닥의 물기를 닦았다. 물기는 허기 같았다. 먹어도 먹어도 채워지지 않는 허기처럼 닦아도 닦아도 사라지지 않았다. 그는 부엌을 둘러보았다. 수도에서나 나올 물이 어디서 나오는지. 그는 출처가 불분명하거나 뭔가 새로운 것은 일단 겁부터 났다. 보일러 안쪽에서 새어 나온 물이 관을 타고 아래로 흘러내리고 있었다. 그는 젖은 걸레를 힘껏 돌려 짠 후 탁탁 털어 보일러에서 가장 가까이 있는 관 꼭대기에 대고 묶었다. 아주 잠깐 물이 안 보였다. 그러나 진짜 잠깐이었다. 잠깐도 그런 잠깐이라니. 나 원 참. 걸레는 금세 물을 머금었고 걸레를 통과한 물은 관을 타고 아래로 흘렀다. 그는 그 상황이 몹시 난처하고 난감했다. 이 총체적 난국을 어찌해야 하는지. 그는 바닥에 고이는 물을 바라봤다.

　시멘트가 갈라진 부엌 바닥은 방과 거의 수평을 이루었다. 미닫이문을 사이에 두고 부엌과 방으로 구분되는데 그에게는 그게 그거였다. 잠만 방에서 잔다 뿐이지, 부엌이라고 별다를 게 없었다. 여름에는 바람이 좀 더 들어오는 부엌에서 잠을 자기도 했다. 바닥에 얇은 이불을 깔고 자다가 며칠 동안 일어나지 못한 적도 있었다. 보일러가 있어서 가스중독의 위험이 있다는 것을, 밀린 월세를 받으러 올라온 노인한테 듣기 전까지는 몰랐다. 그는 그 사실을 잊고 그 후에도 몇 번 더 그곳에서 잠을 잤다. 바닥에 물이 빠져나갈 시설도 없었다. 어쩌면 쌀독 밑에 하수 시설이 있어서 쌀독을 살짝 들기만 해도 순식간에 물이 빠져나갈지도 몰랐다. 물이 차오르는데도 그는 그런 조치조차 떠올리지 않았다. 눈에 보이는 것만 보고 생각해도 힘에 겨웠다. 텔레비전에서 매일 떠들어대는 대로 대통령이 어쩌고, 국정 농단이 뭐고, 촛불이고 간에 그는 늘 허기지고 속이 헛헛했다. 남의 나라 일 같았다. 주말이면 너도나도 다 간다는 광화문이 그에게는 파리의 광장처럼 느껴졌다. 죽었다가 깨어나도 가지 못하는 곳. 그래도 죽어서라도 한번 가보고 싶긴 했다. 파리 말고 광화문 말이다. 거기 진짜 거대한 노란 리본이 있는지. 몸으로 시를 쓰는 사람들이 있는지. 텔레비전을 보면서 잠깐 의심해본 적이 있었다.

　그는 문득 비가 오는 광화문을 떠올렸다. 물이 고이면 그들은 어디로 갈까. 가만히 있을까. 짐을 싸 들고 떠날까. 거기가 그들의 집이 아니었던가. 물고기나 고래가 아니고서야 누가 물속에서 살 수 있을까. 이왕 이렇게 된 거 차라리 고래나 멍게로 태어났으면 좋았을 텐데. 물은 어느새 발등을 타고 자박자박 올라오고 있었다. 퍼내면 좀 낫지 않을까. 그는 쌀을 씻을 때 쓰는 플라스틱 그릇으로 바닥에 고인 물을 펐다. 퍼 담은 물을 들고 현관문을 열었다.

세찬 바람이 밀려 들어왔다. 그는 반사적으로 문을 닫았다. 지금 대한민국은 한겨울이라는 사실을 깜박 잊고 있었다. 이제 물을 버릴 곳은 한 군데밖에 없었다. 그는 절뚝거리며 싱크대로 갔다. 배수 시설이 있는 싱크대에 물을 쏟았다. 또 한 번. 저얼뚝. 또다시 하안 번. 느려터진 행동을 비웃듯 물은 빠른 속도로 차올랐다. 쏟아붓고 돌아서면 두 배의 물이 고였다. 백 번만 하면 되겠지. 백 번이나 하는데, 그렇게나 많이 하는데, 그러면 되는 거 아니야?

　노모는 그에게 종이와 연필을 내주면서 '김, 은, 수'를 써보라고 했다. 그는 정성을 들여 '김, 은, 수'를 썼다. 아유, 잘 썼네. 노모는 멸치 똥을 따던 손으로 그의 머리를 쓰다듬었다. 그러고는 새 종이를 내주며 백 번을 쓰라고 했다. 백 번이라니. 그는 머리가 돌아버릴 것 같았다. 어떻게 백 번을 쓰라는 거지. 그게 말이 되느냐고 노모를 쳐다보았다. 그래야 안 보고 쓰지. 세상에나. '김, 은, 수'를 안 보고 쓰다니. 그깟 '김, 은, 수'를 안 보고 써서 뭐에 쓰게. 그가 연필을 집어 던지려는 순간 노모가 똥을 딴 멸치 한 마리를 입에 넣어주었다. 그는 고개를 숙인 채 한 손으로 종이를 잡고 '김, 은, 수'를 쓰기 시작했다. 열 번을 쓸 때마다 멸치 한 마리를 얻어먹었다. 멸치 열 마리를 얻어먹느라고 연필을 쥔 손가락이 반질반질 윤이 났다. 멸치 열 마리는 한 끼 반찬이었다. 그러니까 백 번은 밥 한 번 먹는 거와 같았고 '김, 은, 수'는 밥 한 끼보다 더 중요했다. 백 번이나 썼는데 안 그럴 리가 없었다. 아무렴. 그가 살면서 백 번이라는 말을 실제로 사용하고 체험하며 체득한 것은 그날이 처음이었다. 다 '김, 은, 수' 때문이었다. 그러니 백 번만 퍼버리면 되겠지. 아무렴. 백 번씩이나 하는데. 그는 마음을 다잡고 '김, 은, 수'를 쓸 때처럼 경건한 심정으로 물을 퍼 날랐다. 서른둘, 서른셋… 그런데… 데이지는… 왜 안 보이는 거지. 딴생각을 하다가 박자를 놓치고 말았다. 저얼두둑. 몸이 한쪽으로 크게 쏠리며 들고 있던 그릇의 물을 함빡 뒤집어썼다.

데이지는 처음부터 데이지로 왔다. 그는 쥐 오줌으로 얼룩진 천장을 뚫어져라 쳐다보았다. 천장에는 신문이 붙어 있었다. 오래된 벽지 위에 덧붙인 신문은 누런색으로 변한 데다가 얼룩까지 져 있었다. 옥탑방은 천장이 낮았다. 눈만 뜨면 그 앞에 신문이 펼쳐졌다. 매일 같은 내용의 기사를 그는 이미 오래전에 다 외워버렸다. 그가 바라보는 신문 중앙에 검고 굵은 글씨체로 '무현 대통령 서거'라고 씌어 있었다. '노무현'의 '노' 자는 또 다른 신문지가 덧대어져 있어서 보이지 않았다. 아주 작아서 보일 듯 말 듯 그의 신경을 긁는 글씨만 빼면 읽는 데는 막힘이 없었다. 무현 대통령이 어떻게 죽었는지에 대해서도 알 수 있었다. 왜 죽었는지에 대해서는 자세히 나와 있지 않았다. 어쩌면 겹쳐진 신문 때문에 보이지 않을 수도 있는데, 그는 신문이 겹쳐져 있지 않았다 하더라도 영원히 알 수 없는 것이라고 생각했다. 그런 결심을 하는 데는 그만이 내밀하게 고민하거나 고통당하며 축적한 시간이 있었을 것이라고. 스스로 목숨을 버린다는 것은 엄마 배 속에서 스스로 걸어 나오지 못하는 것과 같은 이치라고. 이치라고, 그는 그것을 볼 때마다 마음속으로 중얼거렸다. 꿈속에서 부엉이 바위를 본 날에는 이치라고, 이치라고 더 중얼거렸다. 하지만 그의 중얼거림은 밖으로 소리가 되어 나오지 못했다. 그는 천생 그랬다. 몸이 소리를 담지 못했다. 그에 의하면 몸으로 들어온 소리가 몸속 어딘가에 숨어 있다가, 혹은 몸속 어딘가를 돌아다니다가 떠나온 그곳이 궁금해지면 성대를 통해 밖으로 나오는 행위가 말이었다. 마흔일곱 해 동안 별의별 소리들이 그의 몸 안으로 쏟아져 들어왔다. 우우우우…. 들어온 소리들은 머물지 않았다. 그대로 지나쳤다. 쑤욱 하고 어디론가 빠져나갔다. 몸은 그저 소리의 통로였다. 그릇이 아닌 통로.

통로는 담을 수가 없잖아.

　그런 사실을 깨닫고 그는 조금 쓸쓸해졌다. 데이지를 만
난 것도 훅 하고 소리가 빠져나간 후였다. '무현 대통령 서
거'라는 큰 글자 아래에는 그보다 한 포인트 작은 글씨체
로 '데 이 지상에 노란 꽃잎 하나 남겨'라고 씌어 있었다.
그날따라 잠이 오지 않아 눈을 말똥말똥 뜨고 천장을 바
라보고 있었다. 뜬눈으로 밤을 보내고 있는데, 희한한 일
이 벌어졌다. 천장의 '이' 자에 콩알만 한 물기가 맺히더
니 천천히 번졌다. 그는 숨을 죽이고 눈에 힘을 주었다. 노
모가 없는 공간에서 움직이는 그 무엇을 본 것은 처음이었
다. 제대로 움직이는 것도 아니었지만 그에게는 그렇게 다
가왔다. 그런 움직임이 생소했다. 가끔 열어놓는 창문으로
들어오는 공기처럼 그를 흥분시켰다. 느리다고 생각하는
순간 물기는 '이'의 양옆 '데'와 '지'까지 영역을 넓혀갔다.
데, 이, 지. 그는 젖은 글자를 읽었다. 소리의 통로가 미세
하게 떨렸다. 그러자 거짓말처럼 움직임이 멈췄다. 곧이어
콩콩콩 천장이 흔들렸다. 데이지, 데이지. 그는 두 번 더 읽
었다. 통로가 두 번 더 떨렸다.

　그렇게 데이지는, 데이지가 되었다.

데이지는 없는 듯이 있었다. 한여름에 빨래를 널러 나간 노모 뒤로 쿵, 고목이 쓰러지는 소리가 따라붙었다. 노모는 날이 저물도록 돌아오지 않았다. 문을 열고 나간 그는 달빛을 받아 훤히 밝은 옥상에 모로 누워 있는 노모를 발견했다. 아무리 덥다지만 여기서 이렇게 오래 자면 안 되지. 엄마, 엄마. 그는 노모를 흔들어 깨웠다. 대답도, 신경질도 없었다. 그는 찔뚝거리며 계단을 내려갔다. 발을 헛짚어 두 번이나 넘어질 뻔했다. 아래층 집 문을 두드렸다. 어느미친 새끼가 한밤중에 지랄이야! 욕이 먼저 날아왔다. 문이 열리고 남자가 파자마 바람으로 얼굴을 내밀었다. 그는 다짜고짜 남자 손을 잡아끌다가 픽 쓰러졌다. 꽝 하고 문이 닫히고 욕설이 쏟아졌다. 그의 코에서 피가 흘렀다. 인사를 안 했으니 맞아도 싸다고 생각하며 다시 문을 두드렸다. 좀 전보다 더 세게. 이번에는 정중하게 인사를 한 다음…. 그가 마음을 가다듬기도 전에 옆집 문이 덜컥 열렸다.

노모의 시신은 대학병원에서 가져갔다. 해부 실습용으로 사용하고 알아서 장례를 치러준다고 했다. 그는 고맙다며, 노모가 죽은 후 처음으로 눈물을 흘렸다. 갈라진 노모의 몸을 떠올렸다. 얼굴도, 몸통도 없는 손이 두개골과 유방과 뱃가죽을 데칼코마니처럼 갈라놓고 길고 예리한 핀셋으로 내용물을 들추는 장면이 꿈속에서 자꾸 나왔다. 몸

속에서 나온 내용물은 다들 그의 얼굴을 하고 있었다. 그
는 잠자기가 두려웠다. 눈을 부릅뜨고 천장을 바라보았다.
통통통. 데이지였다. 그의 부름에 답이라도 하듯 신호를 보
내왔다. 데이지는 노모가 살아 있을 때부터, 아니 훨씬 이
전부터 이곳에 살았다. 생전에 노모는 쥐를 잡는 명수였다.
약이나 덫을 이용하지도 않았다. 옥상에 굴러다니던 부러
진 쇠막대기로 잡은 쥐만도 1년 사이에 네 마리나 되었다.
그중에서 용케 살아남은 게 데이지였다. 데이지는 노모와
두 번이나 대면했다. 그때마다 노모 눈에서 불광이 났다.
하다못해 비누까지 물어간다며, 이놈의 건물에는 그 흔한
고양이 한 마리 없다며, 요즘 세상에 쥐가 다 웬 말이냐며
쇠막대기를 휘둘렀다. 데이지는 두 번 다 유유히 빠져나갔
다. 그는 방문턱에 앉아 삶은 달걀을 까먹으며 그 광경을
목격했다. 그때 그 쥐가 데이지라고 장담했다가, 어느 날에
는 데이지가 그때 그 쥐였을 거라고 못 박았다. 그에게 데
이지는, 데이지였다.

 그와 데이지는 서로 피하지 않았다. 공격하거나 도망가
지 않았다. 노모의 부재를 용케 알아챈 데이지는 틈만 나
면 그를 찾아왔다. 밥을 먹을 때나 잠을 잘 때, 엉덩이를 까
고 똥을 눌 때도 왔다. 등장하는 곳도 가지각색이었다. 통
통통. 천장에서 돌아다니다가 '데이지' 하고 부르면, 소리

도 나지 않는데 어떻게 알아듣고 쪼르륵 내려왔다. 밥상머리에도 나타났고 이불 속으로도 찾아왔다. 나란히 앉아 텔레비전을 보기도 했다. 까맣게 반짝이는 그 두 눈이 물었다. 이름이 뭐야? 김, 은, 수. 뭐가 제일 먹고 싶어? 짜, 장, 면. 저기 저 촛불을 보면 뭐가 떠올라? 갖고 싶지. 어휴, 저렇게 많은걸. 저거면 부자지 뭐. 전기세 안 내도 되고. 죽을 때까지 써도 다 못 쓸걸. 안 그래? 데이지는 동의하는 눈치였다. 촛불이, 꺼지지도 않는 촛불에 대해서 이야기를 주고받다 보면 어느새 졸음이 밀려왔다. 오줌이 마려워 눈을 떴을 때 데이지는 다시 천장에 있었다. 몸이 소리를 담는 그릇이 아니어도 불편하지 않았다. 눈빛만으로도 사연이 오갔고 마음이 촉촉해졌다. 그는 과분한 동거인을 얻은 것 같았다. 아껴서 먹는 흰쌀밥 한 숟가락을 덜어 부엌 선반 위에 두곤 했다.

그런 데이지가 며칠째 보이지 않았다. 보일러에서 물이 새기 시작한 후 정신이 온통 그리 쏠려 잊고 있었다. 한밤중에 천장을 올려다보고 있는데 뭔가 허전했다. 그제야 데이지 생각이 났다. 부엌 선반이며 쌀독, 서랍장까지 일일이 열어보았지만 데이지는 보이지 않았다. 누워서 천장을 보며 '데이지' 하고 불렀다. 데이지는, 그에게 원래 존재하지 않았던 수많은 것 중의 하나인 것처럼, 사라졌다. 그는 조바심이 났다. 부엌 구석에 처박혀 있는 쇠막대기를 살폈다. 곳곳에 묻어 있는 검붉은 핏자국. 아무리 들여다봐도 새로 생긴 흔적은 아니었다. 게다가 노모도 없지 않은가. 부엌 바닥에 물이 차오를수록 그의 마음은 급해졌다. 혹시 물소리 때문에 못 듣는 것은 아닐까. 그는 한 손으로 한쪽 귀를 막고 다른 한쪽 귀에 온 정신을 모았다. 쏴아. 물소리만 고요했다.

그는 다시 부엌으로 나왔다. 부엌 바닥에 발을 딛자 발등까지 물이 찼다. 바닥에 뒹굴던 플라스틱 병과 비닐봉지가 물에 둥둥 떠다녔다. 노모가 옥상에서 일어나지 않을 때가 생각났다. 계단만 내려가면 바로 아래에 사람들이 살고 있다는 것을 그는 그제야 알아차렸다. 노모는 틈만 나면 그 사실을 일깨워주곤 했다.

만약에 무슨 일이 생기면 무조건 밑으로 내려가. 알았지? 아무 집 문이나 두들겨서 도와달라고 혀. 집에서 나가야 혀. 여그 가만히 있으면 송장이 썩어도 모르니께. 알아먹었냐, 아가. 그게 최선의 행동이여.

노모는 최선의 행동이라고 곧잘 말했다. 이것도 내가 할 수 있는 최선의 행동이지. 두꺼워진 그의 발톱을 녹슨 가위로 잘라주면서도 노모는 그렇게 중얼거렸다. 그 말에서는, 무슨 뜻인지는 깊이 생각해보지 않았지만, 숨을 쉬는 인간이라면 당연히 해야 한다는, 그렇게 하지 않으면 쥐새끼만도 못하다는, 노모 특유의 살벌하고 엄한 분위기가 느껴졌다. 노모는 그 말을 선생님처럼 섬겼다. 그는 물속을 절룩절룩 걸어서 현관문으로 갔다. 여그 이러고 있다가는 송장이 썩어… 노모 말을 되새기며 문을 열었다. 어둠 속에서 쏟아지는 불빛이 세찬 바람과 함께 달려들었다. 문밖으로 나섰다. 바람이 그의 몸을 사정없이 흔들었다. 인간이라면 최선의 행동을 해야지. 그는 더듬더듬 느리게 계단을 내려갔다. 아랫집 문 앞에 서서 한숨을 길게 쉬었다. 주먹을 불끈 쥐고 문을 두드렸다. 아무리 두드려도 반응이 없었다. 욕설도 들리지 않았다. 옆집에서 문이 빼꼼 열리더니 여자가 얼굴을 내밀었다. 새로 이사 온 여자가 그를 아래위로 훑어보고는 문을 휙 닫았다. 인사를 할 겨를도 없었다. 그는 다시 문을 두드렸다. 아기 깨요! 문 안쪽에서 앙칼진 목소리가 들렸다. 그는 얼얼한 손을 바지에 문질렀다. 여기에도 데이지는 없는 모양이었다. 그는 계단을 내려오는 사이에, 마흔일곱 살 아가로 사는 그답게, 그 목적을 상실했다. 노모의 가르침은 까마득히 잊고 오로지 데이지 생각으로만 가득 찼다. 그는 맨발에 젖은 슬리퍼를 끌고 절룩거리며 아래층으로 내려갔다. 301호 문을 정중하게 두 번 두드렸다. 인기척이 없자 돌아서서 302호 문을 역시 정중하게 두 번 두드렸다. 개 짖는 소리가 났다. 놀란 그가 급하게 몸을 돌렸다. 계단을 두 개씩 딛고 내려가다가 고꾸라졌다. 턱에서 피가 났다. 개는 계속 짖어댔다. 그는 201호와 202호를 건너뛰고 101호로 내려가 문을 두드렸다. 놀란 가슴이 진정되지 않았다. 그만 주먹으로, 발로 마구 문을 두드리고 차댔다. 문이 열리며 남자가 나왔다.

뭐야, 왜 문을 발로 차!

남자는 눈을 부릅뜨고 코를 씰룩거리더니 그가 입을 열기도 전에 문을 쾅 닫고 들어갔다. 유리가 깨진 현관문으로 찬 바람이 몰아쳤다. 발에 감각이 없었다. 그는 마지막으로 102호 문 앞에 섰다. 그때 현관문으로 102호 여자가 아이와 함께 들어왔다.

남의 집 앞에서 뭐 하시는 거예요?

그는 위를 가리키며 더듬거렸다. 여자가 고개를 빼고 계단 위를 살폈다.

뭐요? 아무도 없는데요? 추운데 어서 들어가세요. 어휴, 맨발이야.

여자가 그의 맨발을 힐끔거리며 비밀번호를 눌렀다. 문이 삐리릭 열리고 여자와 아이가 종종걸음으로 들어갔다. 그는 이제 더 이상 갈 곳이 없었다. 송장이 되어도, 썩어도 할 수 없었다. 그는 돌아섰다. 계단에 젖은 슬리퍼 자국이 꼬리처럼 나 있었다. 그가 가야 할 곳을 알려주는, 그가 온 곳이 어디라고 말해주는 표지판 같았다. 그렇지, 갈 곳이 있지. 집, 집이 있잖아. 그는 갑자기 힘이 났다. 집이 있는데, 뭐가 문제야. 두 주먹을 불끈 움켜쥐고 계단을 오르기 시작했다. 너무 추워서 빨리 집으로 돌아가고 싶었지만 몸이 말을 듣지 않았다. 데이지고 뭐고 간에 오로지 전기장판 생각밖에 나지 않았다. 자박거리며 물속을 걸어 방 안으로 들어왔다. 재빨리 문을 닫는 바람에 문 모서리에 발등을 찧었지만 다행히 물이 방으로 들어오는 것은 막았다. 전기장판 온도를 최고로 올린 후 이불 속으로 파고들었다. 오들오들 떨리는 몸을 한껏 웅크렸다. 역시 방이 최고였다.

그는 멸치 다음으로 옥탑방이 좋았다. 노모가 폐휴지를 주우러 나가고 나면 혼자서 일을 했다. 설거지도 하고 청소도 했다. 멸치 똥도 따고 콩나물도 다듬었다. 하지만 그런 일은 어쩌다 한번 있었다. 노모가 올 때까지 텔레비전을 보고 잠도 잤다. 그래도 안 오면 옥상에 나가 아래를 굽어봤다. 집들이 저 아래 납작 엎드려 있었다. 절을 하고 있는 것 같아 그는 뒷짐을 진 채로 오냐, 하고 점잖게 고개를 끄덕였다. 왕이 된 기분이었다. 나는 왕이다. 힘껏 외쳤

다. 역시나 소리를 담아두지 못하는 통로는 말 대신 우우
우, 바람 지나가는 소리를 냈다. 바람은, 바람은 어디로 갈
까. 통로를 지나 어디쯤 닿을까. 우우우, 나는 왕이다. 이에
대답이라도 하듯 집들이 하나둘 불을 밝혔다. 그러면 그는
문득 슬퍼졌다. 이곳으로 이사 오기 전까지 살던 곳이 생
각났다. 빛이라고는 바늘귀만큼도 들어오지 않는 지하. 그
는 그곳을 땅속이라고 기억했다. 노모는 그때도 폐휴지를
주웠다. 아주 가끔 그가 따라나서곤 했다. 가만히 있는 개
를 걷어차 오른쪽 발목을 크게 물렸다. 그 후로 그는 걸을
때마다 절뚝, 한 박자씩 쉬곤 했다. 노모가 같이 가자고
소매를 잡아끌고 밥을 안 준다고 협박까지 해도 그는 따라
나서지 않았다. 살 속을 파고들던 개의 이빨보다 더 무서
운 것은 발을 동동 구르는 노모 곁을 무심히 지나치던 무
수한 발들이었다. 보다 못한 노모가 박스가 가득 실린 수
레를 끌고 개를 향해 냅다 돌진했다. 수레 무게 때문에 노
모의 발이 허공에서 대롱거렸다. 덩치 큰 수레가 다가오자
개가 물고 있던 발목을 놓았다. 노모는 박스를 내려놓은
뒤 수레 안에 그를 태웠다. 지나가는 사람들이 혀를 찼다.
그러거나 말거나 노모는 수레를 끌었다. 수레는 날개를 단
듯 달렸다.

　박스는?

또 줍지.

안 무거워?

시끄러워.

노모의 목소리가 화난 사람처럼 높아졌다 커졌다 했다. 그 후 그는 혼자 땅속에 있는 날이 많았다. 그곳에도 데이지는 있었다. 어쩌면 거기 살던 데이지가 그를 따라 옥탑으로 왔는지도 모른다. 물론 그때도 노모에게는 쥐새끼라 불렸다. 원래는 데이지였는데 데이지라 부르지 않아서 데이지가 아니었을 수도 있겠다고, 그는 곰곰이 따져보았다. 지하와 옥탑은 다른 점이 많았다. 지하에서는 하루가 길거나 짧았다. 종일 그게 그거 같아서 언제가 아침이고 언제가 자야 할 시간인지, 그런 게 몸에 밴 노모조차도 종종 헷갈렸다. 문을 열고 계단을 열여덟 개 올라가야만 밥때를 알 수 있었다. 손바닥만 한 거 하나만 있어도. 감옥에도 창문이 있다는데. 노모는 늦은 밥상을 차리며 구시렁거렸다. 저그, 저그 보이는 꼭대기, 저런 데 한번 살아봤으면 소원이 없겠다. 노모는 폐휴지로 가득한 손수레를 끌다가 허리를 펴고 옥탑을 바라보았다. 저그도 살아보면 안 좋은 점이 있겠지. 안 그냐. 암 데서 살면 어때. 밥만 먹으면 되지. 다 쓸데없는 짓이지. 안 그냐. 그는 노모를 따라 옥탑을 올려다보았다. 뭐가 더 좋다는 것인지, 그의 눈에는 다 그게

153

그거 같았다. 그해 그 동네에 물난리가 나지 않았다면 옥탑방으로 이사 오는 일은 꿈도 꾸지 못했을 것이다. 기록적인 폭우로 이웃한 아파트에까지 물이 차올랐고 동네 하나가 삼켜지다시피 했다. 노모와 그는 구조대원의 도움으로 고무보트를 타고 가까스로 대피했다. 물이 빠진 지하에는 입구부터 진흙이 쌓여 있어 발을 들여놓기도 어려웠다. 미처 치우지 못한 폐휴지는 진흙 범벅이 돼 형체도 찾을 수 없었다. 노모는 자신의 장례 비용으로 묶어놓았던 푼돈을 깨 이곳에 방을 얻었다.

소원을 이룬 셈이었다.

이사 오던 날 노모는 폐휴지 속에서 제일 깨끗한 신문을 골라 풀칠을 한 뒤 천장에 발랐다. 여그 물이 들어올 일은 없을 겨. 노모는 옥상을 안방처럼 쓸고 닦았다. 생전 빨지 않던 이불을 빨아 널고 한 켤레밖에 없는 신발을 틈만 나면 햇볕에 내다 놓았다. 스티로폼 상자에 흙을 담아 상추며 고추를 심었다. 여름 내내 푸성귀를 따 먹고 가을에는 배추를 길렀다. 노모는 부자가 된 것 같다고, 여기로 오기를 백번 잘했다며 무릎에 파스를 붙이면서도 아픈 내색을 하지 않았다. 그가 봐도 땅속보다는 나아 보였지만 정확히

154

뭐가 좋아진 것인지는 알 수 없었다. 비 오는 날 물이 들어오지 않는다는 사실만 빼고 다 그게 그거 같았다. 한번은 노모에게 그 비슷한 말을 했다가 혼났다. 넌 아직 햇볕이 소중한 걸 모르는구나. 그러니까 문제지. 노모는 마치 그가 햇볕을 쇠막대기로 때려눕히기라도 한 듯 혀를 찼다. 그가 방구석에만 처박혀 있는 이유가 햇볕 때문인 것처럼. 그는 그런 생각이 자주 들었다. 햇볕이 밥을 먹여주고 놀아주는 것도 아닌데.

그는 아무것도, 절대로 아무 짓도 하기 싫은 어느 여름날 노모가 누웠던 자리에 노모처럼 누웠다. 바닥은 뜨겁고 햇빛은 눈부셨다. 무엇이 그렇게 좋았을까. 그는 어느 날 똥을 누다가 노모가 스스로 죽음 속으로 걸어 들어간 게 아닐까, 하고 생각했다. 천장에 붙어 있는 '무현 대통령'처럼, 노모에게도 누구에게도 말 못 하는 고뇌와 번민의 시간이 있었을 것이라고. 그래서 아기가 엄마 배 속에서 스스로 걸어 나오지 못하듯, 그런 비슷한 이치가 노모에게도 틀림없이 작용했을 것이라고. 그것을 이해하거나 동감한다고 섣불리 말해서는 안 된다고. 겨울이 오면 노모는 옥상으로 이사 온 것을 후회했다. 딱 그때 한 번뿐이었다. 눈보라가 치면 문을 꼭 닫고 있는데도 한데에 있는 것처럼 마음이 뒤숭숭하고 불안하다고 했다. 그때는 하루에도 서

너 번씩 쌀독을 들여다봤다. 이 추위에 죽으면 썩지는 않
겠구먼. 노모가 걱정하는 게 쌀인지 죽음인지, 그는 알려고
도 하지 않았다. 아가, 이리 와봐. 이만큼씩. 딱 이만큼이야.
노모는 쌀독에 손을 집어넣고 쌀을 한 줌 쥐어 보였다. 노
모가 죽고 그는 딱 한 줌의 쌀로 밥을 했다. 한 끼에 다 먹
어도 배부르지 않았지만 세 번에 나누어 먹어야 한다는 것
을 직감으로 깨우쳤다. 그래도 이 추위에 가면 저것이 힘
들지. 노모는 아끼는 신문지를 꺼내 벽에 발랐다. 추위를
조금이라도 막아보려는 것이었다. 뜨거운 옥상 바닥에 누
워 그 시절의 노모가 되어보려고, 손가락 하나 까딱하기
싫은 날 그는 옥상에 누웠다. 뜨거운 햇살에 눈을 뜰 수 없
었다. 엄마가 그래서 갔구나. 미안한 마음이 들었다. 인간
은 혼자서 햇빛을 이길 수 없구나. 누군가가 지켜주거나
서로 다독이지 않으면 돌아올 수 없는 시간 속으로 터벅터
벅 걸어 들어갈 수밖에 없구나. 그 고독을 다만 지켜봐주
기라도 했다면. 같은 하늘 아래서 그렇게 하지 않은 것은
더욱 처참한 일이라고.

데이지가 보이지 않던 한겨울 밤, 그는 문을 열고 옥상
으로 나왔다. 함박눈이 내리고 있었다. 이미 발이 빠질 정
도로 쌓였다. 눈 쌓인 옥상은 대낮처럼 환했다. 그는 두 손
으로 눈을 뭉치기 시작했다. 공 크기만큼 뭉친 눈을 굴렸

다. 눈이 지나간 길에 눈이 내렸다. 눈 뭉치는 어느새 그의 가슴 높이만큼 커져 있었다. 옥상 한가운데 큰 눈 뭉치를 세워두고 또 눈을 뭉치고 굴렸다. 또 눈이 지나간 길에 눈이 쌓였다. 하염없이 눈을 뭉쳤다. 또 하나의 눈 뭉치를 역시 또 하나의 좀 더 큰 눈 뭉치 위에 얹었다. 그의 키만큼 훌쩍 큰 눈 뭉치가 되었다. 눈, 코, 입을 그려 넣었다. 노모와 닮은 얼굴이 환하게 웃었다. 겨울을 지키는 왕이었다. 왕을 지키는 겨울 같기도 했다.

어쨌든 뭔가 지키는 것 같은 모양새가 마음에 들었다.

그날 그는 잘 잤다. 다음 날 아침 나와보니 데이지가 그 옆에 죽어 있었다. 입을 반쯤 벌린 채로 꽝꽝 얼어 있었다. 다행히 집 안에 들여놓은 스티로폼 화분 속 흙은 얼지 않았다. 그는 꽝꽝 언 데이지를 스티로폼 화분 속에 묻었다. 노모가 배추를 키우던 화분이었다. 얼마 후 그는 데이지가 그 데이지가 아닐지도 모른다고, 데이지가 데이지라면 죽지 않고 배추처럼 자랄지도 모르겠다고, 데이지는 누구인가, 무엇인가 고민하며 잠이 안 오거나 바람이 불면 스티로폼 화분에 물을 주곤 했다. 그리고 눈사람이 흔적도 없이 녹아 사라진 이른 봄날, 천장을 콩콩콩 뛰어다니는 데이지를 목격했다. 스티로폼 화분에 물을 주어서 그런 거라고. 내가 죽으면 누가 나에게 물을 줄까. 누가 한겨울에도 얼지 않는 흙을 골라 묻어줄까. 바람이 불고 잠이 오지 않는 밤에 물을 줄까. 그랬다면 노모도 영영 살지 않았을까. 영영 사는 일은 좋은 것인가… 아무렴. 데이지가 돌아온 것은 다행스러운 일이라고 고개를 끄덕였다. 어쩌면 데이지는 내내 그 자리에 있었을지도 모른다. 떠났던 건 데이지가 아닌 그 모든 우주와 행성과 눈사람이었을 것이라고 그는 오래 생각했다.

어쨌든 데이지는 또 물었다. '김, 은, 수'는 무엇이냐고. 데이지는 그가 놔둔 밥알을 먹고 있었다. 그래서 '김, 은, 수'는 누구인 것 같아? 그는 데이지에게 덜어주고 남은 밥을 삼십 번도 넘게 씹으며 데이지를 바라보았다. 그날따라 데이지는 먹는 데만 집중했다. 노모가 입에 달고 살던 말, 최선의 행동이었다. 밥알이 다 동날 때까지 그는 아무런 대답도 듣지 못했다. 저걸 밥을 줘, 말어. 그렇게 말해놓고 보니 그건 노모가 그를 향해 곧잘 중얼거리던 소리였다.

물은 수건과 옷가지를 흠뻑 적시고 방 안쪽으로 스미기 시작했다. 그는 지금 이 시점에서 할 수 있는 최선의 행동이 무엇인지 생각했다. 그리고 서랍장 위에 쌓여 있는 낡은 이불을 내려 물이 새 들어오는 곳에 펼쳤다. 그 위에 한 채의 이불을 더 올렸다. 그가 결혼할 때 주겠다며 노모가 아끼던 새 이불이었다. 이제 방문을 열 엄두도 나지 않았다. 문을 여는 순간 물이 방 안으로 밀려들 것이었다. 이불은 효과적이었다. 물이 새지 않았다. 완벽하게 차단된 듯했다. 잠을 설친 그는 전기장판 위 이불 속으로 들어가 몸을 뉘었다. 오한이 나 부르르 떨었다. 그는 전기장판의 온도를 한껏 올렸다. 천장은 조용했다. 물소리는 지루하리만큼 규칙적으로 들려왔다. 그는 고개를 들어 힐끗 문 쪽을 살폈다. 노란 꽃무늬가 그려진 이불 위에 언제 왔는지 데이지가 앉아 있었다. 데이지는 이불 위를 왔다 갔다 했다. 저것 또한 데이지가 할 수 있는 최선의 행동일까. 이불은 오래전부터 거기 그렇게 펼쳐져 있던 것처럼 감쪽같았다. 그는 데이지를 불렀다. 뭔가 불길했다. 익숙하지 않은 새것과 지나치게 화사한 꽃문양이 뭔지 모르게 불길했다. 방문 틈으로 새 들어오는, 얼굴만 닦는 분홍 수건으로 틀어막아도 새 들어오는, 노모가 끔찍이 아끼고 아낀 새 이불을 뚫고 새 들어올지도 모르는 저것이 과연 물인지. 그는 초조했다. 스티로폼 화분 속 데이지는 데이지일까? 가. 데이지를 향해 손짓했다. 데이지는 미동도 하지 않았다. 그는 눈을 감았다. 왕이지. '김, 은, 수'는 왕이지. 왕이 되면 이 초조함이

사라질까. 먹고 싸고 자는 데 도움이 된다면 왕이 되는 것
도 나쁘지 않을 거 같았다.

폭
설

저기 좀 봐.

한참 찌를 바라보던 기현이 손가락을 들어 수면 어딘가를 가리켰다.

어디?

저기. 저 끝.

기현이 가리키는 쪽을 응시했다. 수면을 비추는 달빛을 제외하면 주변은 탄가루를 뿌려놓은 듯 새까맸다. 여자의 농밀한 웃음소리처럼 암흑은 피부 점막에 끈끈하게 들러붙었다. 이따금 들고 나는 차량 불빛에 뽀얗게 피어오르는 물안개가 비쳤다. 안개에 휩싸인 저수지는 광활하고 고요했다. 찌 드나드는 소리만 꿈결처럼 들려왔다.

경계가 보이지 않아?

무슨 경계?

안 보여? 왜 내 눈에는 저것만 보이지. 경계라는 말, 참 치사하고 유아적이지 않아?

나는 무슨 말을 해야 할지 몰라 잠시 침묵했다. 그가 한 말을 이해하지 못해서도 아니었고 그에 대응하는 적절한 말이 떠오르지 않아서도 아니었다. 영화가 끝나고 불이 켜진 객석에 앉아 쉼 없이 올라가는 엔딩 자막을 멍하니 바라보다가 뒤늦게 혼자임을 깨닫고 느리게 그곳을 빠져나오는 경우처럼 뭔지 모르겠는 먹먹함이 가슴을 짓눌렀다. 비 오던 그 밤처럼 열이 온몸을 훑고 있었다. 흔들리는 호흡을 들키지 않으려고 가만히 숨을 몰아쉬며 옆자리를 힐끗거렸다. 희미한 달빛에 기현의 모습이 엷게 드러났다. 그의 시선은 찌에 고정되어 있었다. 암흑과 혼연일체가 된 듯 고요했다. 무슨 말이라도 해야 할 것 같아 입을 막 떼려는데 방죽이 시작되는 쪽에서 둥근 손전등 불빛이 보였다.

라면 시키신 분!

산장 주인이 우리 쪽을 향해 손전등으로 원을 그려 보이며 낮게 속삭였다. 나는 얼른 손전등을 흔들었다. 산장 주인이 쟁반을 내려놓고 돌아갔다. 기현과 나는 뜨거운 라면 가락을 후후 불어가며 먹는 데 열중했다. 그릇을 다 비울 때까지 둘 다 말이 없었다. 라면 그릇을 물리고 또 각자의 찌에 집중했다. 좀 전 기현의 말이 머릿속에서 맴돌았지만 이제 와서 대꾸를 하기도 멋쩍었다. 고기가 잡히지 않는 시간은 더디 흘러갔다. 가끔씩 헤드라이트 불빛이 저수지를 훑고 지나갔다. 사방에서 피어오르는 물안개가 불빛을 따라 나타났다 사라졌다. 기현이 몇 번 찌를 꺼냈다 넣었다. 두껍게 껴입은 옷 새로 한기가 스몄다. 내가 뒤척거리며 안절부절못하는 새에 기현은 부동자세로 고스란히 밤을 보내고 새벽을 맞았다. 낚시를 가자고 제의한 것은 기현이었다. 3년 만의 연락이었다. 그것이 그와의 마지막 만남이었다.

의자에 폭 파묻혀 깊이 잠든 여자는 조금 있으면 코라도 골 기세였다. 여자의 천연덕스러움이 어이없기도 하고 한편으로는 부럽기도 했다. 헤드라이트 불빛에 비친 세상은 온통 하얘 동화 속에나 나올 법한 세계처럼 비현실적으로 보였다. 가다 서다를 반복하는 차량 행렬도, 지금 조수석에서 자고 있는 여자도, 그리고 느닷없이 날아온 기현의 부고도 모두 현실감이 없긴 마찬가지였다. 아침부터 잔뜩 흐려 있던 하늘에서 눈이 날리기 시작한 것은 서울을 벗어난 지 한 시간쯤 지났을 때였다. 먼지처럼 미세한 눈이 차창을 스쳐 갔다. 일기예보대로 조금 흩날리다가 말 것 같은

165

눈발이었다. 내비게이션에서 2시를 알리는 음성이 흘러나
왔다. 평일 오후라 정체 현상도 거의 없었다. 해 지기 전 병
원에 도착하는 데는 문제가 없을 것 같았다. 기현의 죽음
을 알려온 이는 대학 동창 형석이었다.

기현이 죽었대.

형석의 목소리는 담담했다.

어디 있는데?

삼척에 있는 무슨 병원이래. 자세한 건 문자로 넣어줄게.

우리는 약속이나 한 듯 '왜 죽었는데?'라든지 '어떻게 죽
었는데?'라는 말을 입에 올리지 않았다. 전화를 끊자마자
문자가 왔다. 한주대학병원 장례식장. 발인은 내일 오전 7
시였다. 집을 나서기 전 다시 형석의 전화를 받았다. 형석
은 기현이 바다에 투신을 했고, 그제 밤 해안가에 떠밀려
온 시신을 여행 온 부부가 발견해 경찰에 신고했으며, 퉁
퉁 불은 시신은 육안으로 신원 파악이 불가능했는데, 다행
히 옷 속에서 나온 휴대전화가 멀쩡히 살아 있어 신원 확
인이 가능했다는 이야기를 들려주었다. 기현의 휴대전화
는 비닐로 견고하게 진공 포장된 상태였다. 형석의 설명에
나는 왜, 하고 토를 달았다.

몰라. 하여튼 끝까지 미스터리한 녀석이야.

형석은 짜증 섞인 말투로 전화를 끊었다. 기현이 왜 죽

었는가보다 왜 휴대전화를 진공 포장까지 했는지에 더 관심이 쏠렸다. 동창들 사이에서 기현의 죽음은 예견된 것이었다. 기현은 자살을 세 번 시도했고 마침내 성공을 한 셈이었다.

첫 번째 시도는 입학한 지 얼마 되지 않은 5월에 있었다. 처음으로 맞는 축제였다. 캠퍼스는 젊음을 발산하려는 새내기들로 북적거렸다. 갖가지 이벤트가 열리고 흐드러진 벚꽃 아래 학생들의 웃음소리가 한껏 물오른 나무처럼 넘쳐났다. 사진 동아리에서 활동하던 나는 입학 선물로 받은 폴라로이드 카메라로 동기들과 아르바이트를 하고 있었다. 사진을 찍은 뒤 즉석에서 빼주는 식의 아르바이트는 나름 꽤 인기가 좋았다. 폴라로이드라는 사진기의 특수성이 호기심을 자극해 손에 카메라를 들고 있으면서도 돈을 주고 재미로 사진을 찍었다. 우리는 유치한 상술을 동원해 엘비스 프레슬리, 메릴린 먼로 같은 인물들의 가면이나 가발 등 약간의 소도구를 갖추고 호객 행위를 했다. 두 명의 여학생이 각각 전직 대통령의 가면을 쓰고 서로에게 감자 먹이는 장면을 연출했다.

자, 여기 보세요. 찍습니다.

나는 사진기를 눈에 들이대고 렌즈를 들여다보았다. 두 여학생들 뒤로 5층짜리 학생회관 건물이 보였다. 익살스러운 포즈에 터지는 웃음을 간신히 참으며 셔터를 누르려는 순간 여학생들 뒤에서 검은 물체가 맥없이 뚝 떨어졌다. 어, 뭐지. 고개를 들어 학생회관 건물을 살폈다. 웅성웅성 사람들이 몰려갔다. 5층에서 뛰어내린 기현은 다행히 다리와 팔에 골절상만 입었을 뿐 생명에는 지장이 없었다. 기현의 자살 소동을 두고 한동안 말이 많았다. 애인이 변심해서 그랬다는 둥, 본래 정신적으로 문제가 있었다는 둥 여러 가지 추측들이 난무했지만 중간고사가 시작되면서 흐지부지되었다. 기현은 아무 일도 없었다는 듯 파마머리를 하고 나타났다. 사진을 찍을 때면 고개를 들고 피사체 뒤 배경을 다시 한번 살피곤 하는 버릇이 그때 생겼다.

일기예보는 빗나갔다. 그새 굵어진 눈이 도로에 제법 쌓였다. 국도로 접어들면서 차 속도도 많이 느려졌다. 먼지 같던 눈이 하늘을 빽빽이 수놓은 새 떼로 변했다. 수천수만 마리의 작은 새들이 한꺼번에 지상으로 낙하하고 있는 듯 보였다. 속력을 내자 눈이 와락, 차창 유리에 와 부딪혔다. 몸이 저절로 움찔, 뒤로 젖혀졌다. 아직 해 지기 전인데 주변은 짙은 암회색으로 물들고 있었다. 저 산 너머에는 벌써 어둠이 다 내려앉아 일찌감치 저녁상을 물린 사람들이 잠자리에 들고, 이들과 또 다른 부류의 인간들이 아침

준비를 하느라 아궁이에 불을 지피고 있을 것만 같은, 그 아궁이에 장작 대신 개나 들고양이의 토막 난 뼈들이 던져 넣어지고, 뼈에 붙어 있던 살점이 타면서 노린내가 진동하고, 일찌감치 잠이 든 사람들은 세상모르고 코를 고는, 야릇한 광경이 자꾸 떠올랐다. 나는 운전대를 바싹 움켜쥐고 앞을 응시했다. 정차해 있던 차들이 움직이기 시작했다. 앞차와 간격을 좁히면서 차를 몰았다. 서서히 정상 궤도로 진입하려는데 전방에 차를 향해 손을 흔드는 여자가 보였다. 차들은 여자를 무시하고 지나쳤다. 그냥 지나쳐버릴까 갈등하는 새에 여자가 내 차 앞에 와서 섰다. 나는 반사적으로 브레이크를 밟았다.

고맙습니다.

여자는 다짜고짜 조수석 문을 열고 올라탔다.

차가 고장 났어요. AS를 불렀는데 눈 때문에 못 온대요. 오긴 올 수 있는데 돌아갈 수가 없다나요. 신세 좀 질게요.

여자가 머리에 쌓인 눈을 털어내며 멋쩍게 웃었다.

아, 네.

타라는 말도 하지 않았는데. 잠시 머리가 멍해졌다.

어디까지 가세요?

젖은 머리칼을 티슈로 닦아내면서 여자가 또 말을 가로챘다.

한주대학병원이요. 그쪽은요?

어머, 잘됐네요. 같은 방향이네요. 전 속초항까지 가요. 그런데 누가 아프신가요?

아, 네. 아는 사람이 입원해 있어서요.

장례식장에 간다는 말은 하지 않았다. 여자의 얼굴에 같은 방향이라서 천만다행이라는 표정이 묻어났다. 여자는 낯선 남자의 차를 얻어 타고도 긴장하는 기색이라곤 전혀 없었다. 갑자기 당한 일에 내가 되레 여자의 눈치를 보고 있었다. 추위에 떨고 긴장이 풀어져서인지 여자는 금방 눈을 감고 잠이 들었다. 운전을 하면서 흘깃흘깃 잠든 여자를 살폈다. 코를 골진 않았지만 가끔 그 비슷한 소리를 냈다. 코발트색 코트 속에 파묻힌 여자의 얼굴은 발갛게 상기되어 있었다. 어둠은 빠른 속도로 진군해왔고 어느새 차들은 꽁무니에 빨간 등만 남기고 몸체는 어둠 속으로 사라졌다. 어둠의 진격 속도만큼이나 눈송이의 굵기와 양도 급속도로 증가했다. 점점 차가 정차해 있는 시간이 길어졌다.

자살 미수 이후에도 기현의 학교생활은 별 탈 없이 이어졌다. 호리호리한 체격에 훤칠한 키와 미소년 같은 얼굴로 그는 여자 동기나 후배들 사이에서 인기가 많았다. 유머 감각도 풍부해 그의 주변에는 늘 사람들이 모여들었다. 사람들은 그의 자살 미수를 일종의 치기라고 생각했다. 그야말로 우발적인 퍼포먼스 정도로 치부했다. 그 정도로 기현의 학교생활은 완벽했고 지극히 정상이었다. 놀기도 잘했지만 성적도 항상 상위권을 유지해 남자 동기들 사이에서는 시쳇말로 왕재수로 통했다. 진짜 재수 없다기보다는 일종의 질투심에서 장난삼아 부르는 애칭이었다. 그런데 언제부터인가 그 왕재수가 진짜 왕재수로 통하기 시작했다. 누구의 입에서 먼저 시작되었는지 알 수 없지만 사람들은 모이기만 하면 수군대다가 기현이 나타나면 개똥 피하듯 슬금슬금 흩어졌다. 그리고 잊힌 것처럼 보이던 자살 미수 사건이 수면 위로 다시 떠올랐다.

당시 나와 기현은 기숙사 룸메이트였다. 그는 보기와 다르게 섬세하고 깔끔했다. 덕분에 방은 늘 단정하게 정돈되어 있었다. 동기들이 와서 보고는 여자를 숨겨놓았느냐고, 밤마다 우렁 각시가 다녀가느냐고 놀려댔다. 우리는 자연스레 친해졌고 자주 붙어 다녔다. 그 여파는 생각보다 컸다. 기현은 물론 내게도 불신의 눈초리가 따라붙었다. 나는 영문도 모른 채 동기들의 쑤군덕거림을 견뎌야 했다.

얼마 후 기현이 동성애자라는 소문이 내 귀에도 들려왔다. 기현과 가까이 지내던 나로서는 좀처럼 납득이 가지 않는 말이었다. 그리고 설령 그것이 사실이라 하더라도 뭐 그렇게까지 놀라거나 놀리거나 할 일이 아니라고 생각했다. 내가 기현에게서 그 비슷한 낌새를 알아채기 전까진 그랬다.

비가 내리는 밤이었다. 감기 기운에 미열까지 났다. 마침 기현도 일찌감치 잠이 들었기에 불을 끄고 잠자리에 들었다. 오한이 나 눈을 떴을 때 어둠 속에서 어슴푸레 실루엣이 어른거렸다. 온정신을 집중해 실루엣의 정체를 파악하려고 애를 썼다. 그러면 그럴수록 달뜬 몸은 한없이 모래펄로 빠져들었다. 다시 눈에 힘을 모으고 실루엣을 응시했다. 건장하고 매끈하게 다듬어진 몸이 황급히 내 곁에서 빠져나갔다. 무슨 일이 있었나. 당해선 안 될 일을 당한 것처럼 묘한 기분이었다. 정신이 없는 틈에도 나는 기를 쓰고 일어나 화장실로 갔다. 샤워기를 틀어놓고 화장실 바닥에 죽은 사람처럼 누워 있었다.

다음 날, 가을 체육대회가 끝나고 술자리가 이어졌다. 기현에 대한 소문이 암묵적으로 업그레이드되고 있을 때였다. 타 학과에 출강 중인 남자 강사와 사귄다는 소리에 둘이 갈 데까지 갔다는 소문이 연이어 꼬리를 물었다. 그렇지 않아도 지난밤 비몽사몽간에 겪은 일로 기분이 개운치 않던 참이었는데 공교롭게도 기현과 나란히 앉게 되었다. 다들 술이 거나하게 취했을 때였다. 우리 맞은편에 줄곧

썩 유쾌하지 않은 얼굴로 앉아 있던 석호가 비로소 본심을 드러냈다.

둘이 어디까지 갔는데? 그것도 양다리가 있냐?

뭐가?

왜 그러서. 천지가 다 아는데.

도대체 무슨 소리야?

그때까지도 나는 상황 파악을 못 하고 있었다.

정말 몰라?

멀쩡한 사람 건드리지 마.

잠자코 술을 마시던 기현이 술잔을 거칠게 내려놓으며 말했다. 다들 우리 쪽으로 시선을 돌렸다.

오호라. 멀쩡하다? 그럼, 댁은 멀쩡하지 않은 사람?

석호가 비꼬는 투로 물었다.

이 새끼야, 네가 뭘 알아?

말이 끝나기가 무섭게 기현은 들고 있던 술잔을 기울여 석호를 향해 힘껏 끼얹었다. 일순간 정적이 흘렀고 여자 동기 몇은 짧게 비명을 질렀다. 술을 뒤집어쓴 석호는 테이블을 제치고 단번에 기현을 향해 주먹을 날렸다. 그 후 한동안 기현은 어디에도 모습을 드러내지 않았다. 기숙사 게시판에 '동성애자와 같은 기숙사를 쓸 수 없다!'라는 내용의 긴 대자보가 붙은 후였다. 이에 동조하는 대자보가 기다렸다는 듯 줄을 이었다. 기현과 강사의 관계를 언급하는 대자보에는 새까맣게 댓글이 달렸다.

어머, 여기가 어디예요?

잠이 깬 여자가 주위를 두리번거렸다.

걱정 마세요. 아직 멀었습니다. 이러다간 길 위에서 날이 샐지도 모르겠는데요.

많이 밀리나요?

보시다시피 차가 꼼짝도 안 합니다.

큰일이네. 무슨 눈이 이렇게 와.

안절부절못하며 차창 밖을 살피던 여자가 휴대전화를 꺼내 어디론가 전화를 걸었다.

여보세요? 실장님, 저 수미 엄마예요. 지금 가고 있는데요. 눈이 너무 많이 와서 좀 늦을 것 같아서요. 미미는 언제 도착하나요? 아, 그래요? 네. 알겠습니다. 다시 연락드릴게요.

통화를 끝낸 여자는 두 건의 통화를 더 했다. 역시 비슷한 내용이었고 모두 미미가 등장했다. 여자는 심란한 얼굴로 차창 밖을 응시했다. 통화 내용으로 봐서 여자는 애, 그것도 딸을 둘 이상은 둔 유부녀였다. 수미와 미미. 나는 슬쩍 여자 쪽을 다시 살폈다.

따님 만나러 가시나 봐요?

네?

미미가 딸 이름 아닌가요?

여자가 박장대소를 했다.

고래예요. 돌고래.

그럼 수미도?

네. 수미, 우미, 미미, 양미, 가미. 다 제가 돌보는 돌고래 이름이에요. 오늘 새 친구가 오기로 되어 있어요. 그래서 마중을 가는 길이었어요. 그런데 차도 말썽이고 날씨도 이 모양이고. 아무래도 느낌이 별로예요. 자꾸 불길한 생각이 들어요. 첫 만남부터 이 지경이니. 아 참, 양미와 가미는 아직 가상이에요. 이름을 미리 지어두었다가 새 친구가 오면 붙여주거든요.

여자는 지나치게 친절하고 명랑했다.

돌고래 조련사이신가 봐요?

여자가 고개를 끄덕였다.

고래가 새로 올 때마다 이렇게 직접 마중을 나가시나요?

처음이에요.

여자가 미소를 지었다.

날씨가 추운데 괜찮나요?

돌고래 말인가요?

네.

상관없어요. 어차피 물속에 있는 애들이니까요.

배로 오나 보죠?

네. 비행기는 멀미가 나서 스트레스를 더 받아요.

돌고래도 멀미를 해요?

그럼요. 구구단도 외우는데요.

멀미와 구구단. 적절한 비유는 아니었지만 돌고래 세계
에서는 왠지 자연스럽게 통용되는 비유 같아서 나는 아,
네, 하고 진지하게 고개를 끄덕거렸다. 그렇지만 아무리 생
각해도 멀미하는 거랑 구구단 외우는 거랑 무슨 연관이 있
는 건지 도통 감을 잡을 수 없었다. 멀미를 하면 구구단은
당연히 외울 수 있다는 이야기인지, 구구단을 외우는 수준
이면 멀미는 당연히 할 수 있다는 소리인지. 가다 서다를
반복하던 차들이 이제는 아예 움직이려 하지도 않았다. 여
자는 휴대전화를 만지작거리며 차창 밖을 바라보고 있었
다. 나는 여자와 나 사이에 감도는 어색함을 조금이라도
상쇄시킬 만한 건수가 없을까, 괜히 와이퍼도 한번 작동해
보고 멀쩡한 룸미러를 이리저리 움직여도 봤다. 이럴 줄
알았으면 평소에 해양 동물에 대한 지식 좀 습득해놓을 것
을. 해양 동물은커녕 그 흔한 들짐승, 날짐승에 대한 정보
도 전무했다. 머리를 쥐어짠 끝에 몇 마디 건넨 것이 하루

에 연습 시간이 얼마냐, 어떤 식으로 학습이 이루어지느냐, 인간처럼 돌고래도 저마다 지능에 차이가 있느냐, 여섯 살 꼬마와 구구단 외기를 겨루면 누가 더 우세하냐, 정도가 고작이었다. 본전이 다 떨어져 입을 다물고 있는데 여자가 입을 열었다.

거긴 주로 요양 환자들이 많은데. 면회 가시는 분 병세가 위중하신가 봐요.

네. 원래는 서울의 대학병원에 있었는데 별 차도가 없어서.

아, 네.

돌고래 이야기를 할 때와 달리 여자의 목소리는 한껏 가라앉았다. 그 속에는 괜한 것을 물어봤구나, 하는 후회가 서려 있었다. 나는 그냥 솔직하게 자살한 친구 장례식장에 간다고 털어놓을까 하다가 뭐 좋은 일도 아니고 날씨까지 을씨년스러운데 들어서 기분 나쁜 이야기를 초면에 굳이 할 필요가 있을까 싶어 그만두었다. 게다가 어차피 시작한 거짓말이라면 좀 더 폼 나게 하자는 생각이 들었다.

결혼을 앞둔 친구인데 말기 암 판정을 받았어요.

기숙사 게시판뿐만 아니라 학교 여기저기에 동성애를 규탄하는 대자보가 붙었다. 그리고 그 옆에 A4 용지 한 장

분량의 반박문이 눈에 띄었다가 금세 사라졌다. 마침내 기현은 기숙사를 나가버렸다. 기말고사 때조차 모습을 드러내지 않자 동기들은 기현이 다시 학교로 돌아오지 않을 것이라고 못 박았다. 그런 새끼가 학교에 다시 나오면 가만두지 않겠다는 투로 들렸다. 기현에 대해 관대했던 내 마음도 어느새 그 무리 쪽으로 기울고 있었다. 나는 휴학을 하고 군 입대를 기다리면서 폭풍이 지나가기만을 바랐다. 소문의 진위를 확인하고 싶은 마음이 전혀 없는 바는 아니었지만 용기가 나지 않았다. 솔직히 말하자면 돌이킬 수 없는 상황을 일부러 만들고 싶지 않았다. 허위와 진실 사이에서 어정쩡하게 서성였다. 마음 한구석에서는 '그 애라면 충분히 그럴 수 있어' 하면서도 또 다른 한편으로는 '그 애가 그럴 리가 없어' 하는 식으로 그렇다와 아니다, 두 개의 흑백논리가 팽팽히 맞섰다. 기현을 바라보는 모두의 시선은 그렇게 한정 지어졌고 어느 누구도 이와 다른 논조로 이 현상을 설명하거나 받아들이려 하지 않았다. 그건 너무나 상식적이어서 오히려 합리적이며 이성적으로까지 느껴졌다. '동성애가 왜 나쁜 건데' 혹은 '기현이 왜 그럴 수밖에 없는가' 따위의 물음들은 소수의 무리에 의해 애초부터 발언권이 묵살되었다. 다수의 대중들은 자신의 의견과 생각을 펼쳐볼 틈도 없이 여기에 편승하기 마련이었다. 그게 편견의 힘이자 약점이었다. 나 역시 어떻게 해서든지 이 회오리에서 벗어나고 싶었다. 치사하고 비겁하지만 철저하게 거리를 유지하며 사태를 관망했다. 모든 이들의 예상을 깨고 기현이 다시 모습을 나타낸 것은 내가 군 입대를 이틀 앞둔 3월의 어느 날이었다. 동기들과 술자리를 갖기 위해 학교 앞 호프집으로 가던 중이었다.

어이, 이게 누구야. 오랜만이네.

아무 일도 없었다는 듯 기현이 먼저 반갑게 알은체를 해왔다. 파마머리는 짧은 상고머리로 바뀌어 있었다. 순간 나는 주변부터 살폈다.

잘 살고 있지? 군대 간다며.

기현이 덥석 내 손을 잡고 힘차게 흔들었다.

으응. 어디서 들었어?

인마, 방구석에 처박혀서도 네 소식은 다 듣고 있었어. 부럽다. 암튼 잘 다녀와라.

기현은 내가 무슨 말을 하기도 전에 듬직한 형처럼 내 등을 토닥거려주고는 학교 안으로 멀어져갔다. 그런 기현의 뒷모습을 한참 바라보았다. 그가 사라지고 나서야 도대체 뭐가 부럽다는 말인지 의아해졌다.

군 입대를 하고 얼마 안 있어 기현의 사고 소식을 들었다. 두 번째 자살 미수였다. 변두리 모텔에서 약을 먹은 채

신음하고 있는 것을 모텔 주인이 발견해 신고했다. 그 부작용으로 식도에 심한 상처를 입었지만 그의 말대로 재수 없게 또 살아났다. 소식을 접한 동기들의 반응은 냉담했다. 그럴 줄 알았어. 그런데 걔는 죽는 것도 왜 그렇게 구질구질하냐. 죽는 게 목적이야, 아니면 미수에 그치는 게 목적이야. 다음엔 또 어떤 방법으로 미수에 그치신다냐. 기현의 자살 소동은 동네 개가 다친 것만도 못한 취급을 당했다. 동기들은 기현이 몇 번의 미수 끝에 과연 어떤 방법으로 죽을까를 놓고 내기를 걸기도 했다. 당연히 죽는 것을 전제로 한 도박이었다. 그 속에 기현은 마땅히 죽는다는 논리가 암암리에 도사리고 있었다. 무언의 약속처럼 다들 알면서도 묵인했다. 심지어는 이를 은근히 즐기려 들었다. 누군가가 삶 전부를 걸고 생과 사의 경계를 넘나드는 게 또 다른 누구에게는 심심풀이 오락처럼 통쾌한 스릴과 쾌락을 제공한다는 사실에 경악했지만 나 또한 은근히 그 기류에 편승하고 있었다. 다음엔 어떤 방법으로 시도할까. 성공하긴 할까. 죽긴 정말 죽으려는 걸까. 기현이 죽었다는 소식을 접하면 아마도 다들 '왜 죽었는데?'라고 묻기보다는 '어떻게 죽었는데?'라고 먼저 물어올 게 뻔했다. 그리고 이를 확증이라도 하듯 마침내 기현은 죽었다.

눈 때문에 차가 자꾸 미끄러졌다. 아무래도 체인을 감아야 할 것 같았다. 한적한 길에 차를 세우고 안전벨트를 풀었다. 여자가 근심 가득한 표정을 지었다. 최대한 밝은 미소로 여자를 안심시키고 차에서 내렸다. 눈보라가 휘몰아쳤다. 금세 뺨이 얼얼해졌다. 트렁크에서 체인과 손전등을 꺼냈다. 손전등을 무릎 사이에 끼우고 앉아 바퀴 뒤에 체인을 깔았다. 바퀴 일부가 눈 속에 묻혀 있어 작업이 쉽지가 않았다. 손으로 일일이 눈을 치워가며 진행하느라 작업이 생각보다 더뎠다. 게다가 무릎 사이에 끼운 손전등이 자꾸 미끄러졌다.

이리 주세요.

언제 나왔는지 여자가 무릎 사이에 낀 손전등을 낚아채갔다. 손전등을 들고 선 여자 뒤로 작고 아담한 그림자가 어룽거렸다. 여자 덕분에 일이 수월하게 끝났다. 그새 머리와 옷에 쌓인 눈을 털어내고 여자와 다시 차에 올라탔다. 여자가 양손에 입김을 호호 불어댔다. 눈은 그칠 줄 모르고 퍼부었다. 도로는 거의 주차장이 돼버리다시피 했다. 체인도 별 쓸모가 없을 정도로 눈은 무서운 기세로 퍼부었다. 휴대전화를 만지작거리던 여자가 깊은 한숨을 내쉬었다. 갈수록 그 횟수가 잦아졌다. 불안하고 초조해 보였다.

괜찮으세요?

뭐가요?

많이 피곤해 보여서요. 어차피 그쪽이나 저나 제시간에 가는 건 일찌감치 포기해야 할 것 같네요. 오늘 밤이든 내일 아침이든 도착은 하겠지요.

하마터면 내일 아침 7시 전까지만 가면 된다고, 그때가 발인이라고 말을 할 뻔했다.

포기하기 직전이 제일 힘들어요. 막상 포기하고 나니까 편안해졌어요.

말을 마친 여자가 애써 태연한 척 차창 밖을 응시했다. 나는 여자의 시선을 좇아 고개를 돌렸다. 어둠 속에 꼬리를 물고 늘어선 차량 불빛만이 쏟아지는 눈 속에 어지럽게 빛났다. 붉고 노란 불빛들은 먹을 것을 찾아 마을로 내려온 맹수들의 눈빛 같았다. 짐승과 인간의 세상 중간쯤, 그 경계 선상에 머물러 있는 듯했다. 차 문을 열고 나가면 바로 인간 세상이 아닌 낯선 곳으로 떨어지고 말 것만 같은 야릇한 분위기가 옆에 앉아 있는 여자를 친근하게 느끼게 했다. 이름도 성도 아무것도 모르는 여자에게서 느끼는 친밀감이 다소 황당했지만 그건 그만큼 절박한 상태에 있다는 증거였다. 어쩌면 이 차 안에 끝없이 갇혀 있어야 할지도 모른다는, 텔레비전에서나 본 기상이변 현상의 중심에 지금 내가 있다는 막연한 두려움. 그러고 보니 차 안에 먹

을 것도 없었다. 먹다 남은 생수 반병이 있을 뿐. 갑자기 시
장기가 돌았다. 다 저 눈 때문이다. 기현은 하필이면 이 추
운 겨울에 죽었을까. 게다가 바다라니. 그런데 휴대전화는
왜 기를 쓰고 살리려 했을까. 룸미러로 힐끗 여자를 살폈
다. 차창 밖을 바라보며 여자는 골똘히 생각에 잠겼다. 어
둠 속 어딘가를 뚫어져라 쳐다보는 그녀의 눈빛에서 좀 전
의 발랄함이나 명랑함이라곤 찾아볼 수 없었다. 어둠에 반
사된 여자의 눈동자는 물기가 어린 것처럼 보였다.

안됐네요, 그분. 하필이면 결혼을 앞두고. 사는 게 참 그
래요. 누구는 더 살고 싶은데 죽어야 하고 누구는 더 살기
싫어서 스스로 그 길을 가고. 고래들이 자살한다는 거 믿
으세요?

여자가 한참 만에 입을 열었다.

글쎄요. 그런 말을 들어보긴 했는데.

언젠가 인터넷에서 본 사진이 떠올랐다. 아일랜드의 웨
스트 코크 해변에서 모래밭에 빠져 옴짝달싹하지 못하고
죽어가는 긴수염고래 사진이었다. 500여 명의 사람들이
해변으로 몰려와 몸길이 20미터에 달하는 이 멸종 위기 동
물을 다시 바다로 돌려보내려 했으나 구조선이 도착했을
때는 이미 늦었다. 사람들은 이를 두고 고래가 일부러 뭍
으로 올라와 자살을 했다고 단정 지었다. 고래는 고주파로

동료들과 의사소통을 하는데, 이미 인간들이 만들어놓은 주파수와 소음으로 가득 찬 바다가 고래들을 죽음으로 내몬다는 것이다. 소통이 불가능해진 고래들은 외로움 속에 방황하게 되고 결국에 차가운 사체가 되어 해안가 백사장으로 밀려온다. 이와 비슷한 사례가 종종 보도되었다. 역시 기사의 논조는 고래의 죽음 그 자체보다는 동물의 자살이라는 새로운 흥밋거리에 있었다.

제가 돌보던 고래가 죽은 적이 있어요. 우미요, 이름이 우미였어요. 아주 멀쩡한 애였는데 어느 날 아침 일어나보니 죽어 있는 거예요. 머리에서 피를 많이 흘리고 말이에요. 밤새도록 머리를 콘크리트 바닥에 찧지 않고는 일어날 수 없는 일이래요. 실제로 조사해보니 콘크리트 바닥에 자국이 남아 있었어요. 머리를 찧어댄 자국이요. 얼마나 찧어댔으면 뇌가 다 미어져 나왔겠어요.

충격이 컸겠어요.

게네들의 속성을 너무나 잘 아는 저로서는 충분히 그럴 수 있겠다고 생각했어요. 자살을 한 거죠. 그런데 그때 난 결론이 뭔지 아세요? 고래 머리에 이상이 생겨 우발적으로 일어난 사고래요. 우연이라는 거죠. 그렇게 죽은 게.

여자는 그때 생각이 나는지 떨리는 목소리를 진정하느라 잠시 말을 끊었다.

분명히 자살이었어요. 저는 우미가 죽기 전까지 어떤 스트레스에 시달렸는지 알거든요. 그 스트레스를 제공한 장본인은 바로 저였고요. 세 친구가 함께 맞추어야 하는 동작이 있었어요. 아시죠? 고래가 침팬지 다음으로 뇌 용량이 크다는 거. 보통 지정된 연습 시간을 마치고 나면 다들 웬만큼 하거든요. 그런데 유독 우미만 자꾸 틀리는 거예요. 원래 셋 중에 감각이 제일 떨어지긴 했지만 그때는 너무 심했어요. 한 동작을 익힐 때마다 보상으로 꽁치를 던져주곤 하는데 우미는 그날 제때에 꽁치를 한 번도 못 얻어먹었어요. 그러곤 그날 밤에 죽은 거죠. 고래들의 자살에 대해 회의적이었는데 그 이후로는 생각이 달라졌어요. 게네들도 인간하고 똑같아요. 우리도 죽고 싶을 때가 있는 것처럼 게네들도 미치도록 죽고 싶을 때가 있는 거죠.

그럼, 인간들이 생각하는 것처럼 정말 자살을 하는 걸까요?

물론 고래가 되어보지 않아서 그 속내는 알 수 없지만 전 그렇게 믿어요. 만약 그때 우미와 어떤 방식으로든지 소통이 되었다면 그런 결과를 초래하게 내버려두지 않았을 거예요. 어떻게 해서든지 도왔겠죠. 그래요. 문제는 소통의 부재였어요. 어쩌면 스트레스도 거기서 유래했는지 몰라요. 인간은 참 간사하고 이기적이고 아둔해요. 그 입장이 돼서야 깨달으니 말이에요.

그 입장이라뇨?

아뇨. 아무것도.

여자가 모처럼 씽긋 웃었다. 고른 치열이 드러났다. 말을
마친 여자는 다시 차창 밖 어둠 어딘가를 뚫어져라 쳐다봤
다. 마치 거기 어디쯤에 죽은 고래가 살아와 있는 것처럼.
내 시선도 여자의 그것을 따라 움직였다. 여자처럼 눈이
퍼붓는 어둠 속 어딘가를 뚫어져라 쳐다봤다. 거기 어디쯤
에 죽은 기현이 살아온 듯이.

제대 후에도 제대로 된 기현의 소식은 접할 수 없었다.
이런저런 소문들만 가끔 들려왔다. 알코올중독자가 되어
시설에 갇혀 지낸다, 외국으로 종적을 감추었다, 지리산
에 들어갔다… 어느 것 하나 믿을 만한 게 없었다. 몇 번
이고 시도를 했지만 그의 행방을 알기란 좀처럼 쉽지 않았
다. 겨우 주소를 추적해 찾아간 곳에서도 그의 행방은 묘
연했다. 계속되는 이사로 인한 거주지 불명은 나를 허탈하
게 만들었다. 한편으로는 걱정도 되었다. 군대에서 같은 내
무반에 화장을 하는 동기가 있었다. 붙임성 있고 배려심이
깊은 친구였다. 선임들 눈을 피해 몰래 화장을 하던 그 친
구는 결국 들통이 났고 그로 인해 단체 기합도 받았다. 그

래도 그는 화장을 그만두지 않았다. 그에게 앙심을 품은 내무반 동료 몇이 밤마다 그를 불러내 성추행을 했다. 그는 결국 스스로 목숨을 끊고서야 화장을 멈출 수 있었다. 그때 기현이 떠올랐다. 기현을 내버려두어서는 안 된다는 생각이 들었다. 내 의중을 눈치라도 챈 듯 기현은 좀처럼 모습을 드러내지 않았다. 자괴감에 빠져 있을 때 뜻밖에도 기현에게서 연락이 왔다.

3년 만에 만난 기현은 몰라보게 변해 있었다. 미소년 같은 외모와 귀공자 같은 풍채는 온데간데없고 비썩 마른 중늙은이처럼 피폐하고 곤궁해 보였다. 그는 해변 모래사장으로 떠밀려 온 고래가 살갗이 타들어가며 서서히 말라 죽어가듯 이 세상에서 멀어지고 있었다. 어떻게 지냈느냐는 내 물음에 기현은 그저 웃기만 했다. 그 웃음 속에 너무 많은 것이 들어 있어서 일일이 확인할 수조차 없었다. 더 이상 묻지 않았다. 그도 입을 다물었다. 지난 일을 덮어둔 채 우리는 오랜만에 술도 마시고 낚시도 했다. 찌를 노려보던 그가 입을 열었다.

사는 게 힘든 건 저기 뭔가 걸리길 기대해서일 거야. 그냥 매 순간을 즐기면 될 텐데. 왜 인간들은 스스로를 단정 짓고 경계 속에 가두려 하는지 몰라. 가장 견딜 수 없는 게 바로 그거야. 나도 모르게 경계 지어진 내 삶. 난 분명히 경계 짓지도 경계하지도 않았는데 말이야. 우습지 않아? 내 인생이 내가 아닌 타인들에 의해 정해진다는 게.

어둠 속에 희미하게 드러난 그의 어깨는 완강해 보였다.

서로 다른 언어를 쓰는 것 같아. 각자 개개인이 다 다른 언어로 떠들어대는 것처럼.

기현은 깊은 한숨을 내쉬었고 그 때문에 찌가 흔들리는 것처럼 보였다. 기현의 말이 얼른 이해되지 않았다. 그의 말대로 우리는 각자 다른 언어로 지껄여대고 있었다.

참, 그때 너 죽는 줄 알았어. 아마 열이 40도는 됐을걸. 약을 사러 나갔는데 너무 늦었더라고. 난 왜 술 먹으면 배가 더 고프냐. 라면이나 먹을까?

기현이 휴대전화를 꺼내 라면을 주문했다. 통화를 끝낸 기현은 휴대전화를 가방 위로 휙 던지곤 일어섰다. 기현이 잠시 자리를 비운 사이 휴대전화에 반짝반짝 불이 들어왔다. 나는 무심코 휴대전화를 집어 들었다. 액정에 사진이 떴다. 언젠가 엠티 가서 동기들과 찍은 사진이었다.

더 이상 차를 움직이는 것은 불가능했다. 눈은 이미 온 세상을 집어삼키고 있었다. 히터 때문에 시동을 켜둔 채로 멈춰 있어야 했다. 이러다간 연료도 곧 바닥이 날 것이었다. 내비게이션도 제멋대로 움직였다. 휴대전화도 제대로 작동하지 않았다. 사태의 심각성을 감지하기는 여자도 마찬가지였다. 여자는 부지런히 어딘가로 전화를 걸어댔다. 통화가 자꾸 끊기는 모양이었다.

여기가 어디쯤이죠?

통화 중에 여자가 고개를 돌려 물어왔다.

글쎄요. 어두워서 뭐가 보여야지. 내비게이션도 먹통이고. 속초까진 아직 먼 것 같은데요.

나를 따라 밖을 기웃거리던 여자가 다시 뜨문뜨문 통화를 이어갔다. 누군가에게 도움을 청하는 듯했다. 아무리 도움을 청한다 해도 뾰족한 수가 없기는 마찬가지였다. 눈이 그치든가, 날이라도 밝든가 해야 상황 파악을 할 수 있을 것 같았다. 배가 몹시 고팠고 차 안의 온도도 점점 떨어졌다. 주변을 아무리 둘러봐도 그 흔한 편의점 하나 보이지 않았다. 편의점은커녕 인가 불빛도 눈에 띄지 않았다. 앞에서 젊은 여자가 눈 속을 걸으며 차창을 두드리고 뭔가를 애걸하고 다녔다. 젊은 여자는 곧 우리 차 앞까지 왔다. 차창을 내리자 볼이 빨갛게 언 여자가 울먹이며 말했다.

물이 있으면 한 모금만 주세요. 아기가 열이 많은데 물이 다 떨어졌어요. 제발 부탁해요.

여자가 얼른 물이 반쯤 남은 생수병을 그녀에게 내주었다. 생수병을 받아 든 여자는 고맙다는 말을 되풀이하고 눈 속으로 멀어졌다.

그렇다고 그걸 내주면 어떡해요.

나는 퉁명한 목소리로 투덜거렸다.

아기가 열이 난다는데 방법이 없잖아요.

그 말을 믿어요? 지금 이 상황에?

그럼 저분이 거짓말을 했다는 말이에요?

모르겠어요. 더한 거짓말을 해서라도 살 궁리를 해야 할 것 같네요.

차창 밖을 내다보았다. 여자도 고개를 돌렸다. 한동안 서로를 외면한 채 시간이 흘렀다. 차 안의 기온이 점점 싸늘해졌다. 마침내 올 것이 오고야 말았다. 연료 계기판의 바늘이 제로에서 멈추었다.

이제 어떡하죠?

여자도 계기판을 주시하고 있던 모양이었다. 뭐라 대꾸할 말이 떠오르지 않았다. 찌만 바라보고 있던 기현이 느닷없이 한 말에 뭔지 모르겠는 먹먹함이 가슴을 짓누르던 때와 비슷했다. 지금 중요한 것은 기현의 죽음도, 돌고래의 자살도 아니었다. 기현이 누워 있는 영안실도, 새로 들어오는 미미라는 이름의 돌고래도 지금 우리가 맞고 있는 이 현실을 대변해줄 수 없었다. 마침내 사람들이 차에서 내려 걷기 시작했다. 누군가가 차 문을 열고 나오자 여기저기서 기다렸다는 듯 하나둘 거리로 쏟아져 나왔다. 아기를 업고 물건을 이고 가방을 지고. 사람들이 잔뜩 움츠린 자세로 무릎까지 빠지는 눈밭을 헤치고 앞으로 나가는 광경은 영화 로케를 위해 동원된 엑스트라들이 마지막 신을 찍기 위해 이동하는 것처럼 보였다. 사람들은 잘 훈련된 배우들처럼 거침없이 행진했다. 멀어지는 그들의 뒷모습이 좀비 같았다. 거리에는 빈 차들이 소품처럼 뒹굴었다. 먼저 차 문을 연 것은 여자였다.

도저히 못 참겠어요.

여자는 옷매무새를 바싹 여미고 차 밖으로 나섰다. 눈이 무릎을 훌쩍 넘어섰다. 여자가 힘겹게 눈을 헤치며 앞으로 나갔다. 나는 그녀가 위태롭게 걷는 모습을 차 안에서 멀거니 바라봤다. 여자는 다른 무리들을 등진 채 걸어 마침내 시야에서 사라졌다.

불길한 생각이 든 것은 조수석에서 뒹구는 여자의 휴대전화를 발견한 뒤였다. 배터리가 분리되어 있었다. 그제야 자살한 고래 이야기며, 왠지 모르게 불안하고 초조해 보이던, 아니면 지나치게 명랑하게 떠들던 여자의 눈빛이 떠올랐다. 차 문을 열었다. 그새 무섭게 쌓인 눈 때문에 문이 꼼짝도 하지 않았다. 죽을힘을 다해 문을 밀치고 내려섰다. 차 안에서 볼 때와 달리 쌓인 눈 때문에 사방이 훤했다. 발을 내딛자마자 눈 속으로 나뒹굴었다. 온몸이 눈으로 범벅이 되었다. 간신히 일어나 눈을 털고 발길을 뗐다. 어디가 차도이고 인도인지 구분할 수 없었다. 걷고 있는 사람들조차도 눈의 일부분으로 보였다. 세상은 거대한 눈덩이로 변했다. 그 눈덩이 속으로 까마득히 걸어 들어갔다. 바지는 허벅지까지 젖어 올라왔고 발은 감각이 둔해진 지 오래였다. 가도 가도 끝이 없는 눈길을 눈보라가 앞서 쓸고 지나갔다. 사방을 아무리 둘러봐도 여자는 보이지 않았다. 이런 젠장, 이름을 알아야 불러보기라도 하지. 눈 속에서 무릎이 꺾이며 무너졌다. 근처에서 첨벙, 물소리가 들려왔다. 바람이 불어왔다. 눈보라가 얼굴을 훑고 지나갔다. 얼굴을 무릎 사이에 파묻었다. 눈보라 속에서 비릿한 해초 냄새가 났다. 고개를 들고 냄새가 나는 쪽을 응시했다. 저만치 어둠 속에서 물결이 반짝이며 넘실댔다. 파도가 밀려왔다 나간 자리에 거대하고 육중해 보이는 검은 몸체가 보였다. 어디선가 벨 소리가 끝없이 들려왔다.

북쪽 방의 침묵

성탄 트리네. 광화문 거리를 가득 메운 촛불을 보고 당신이 중얼거린다. 그리고 뭔가 떠오르는 듯 고개를 돌린다. 달력의 희미한 숫자가 당신 눈에 들어온다. 12월 24일. 당신의 시선은 달력에서 한동안 떠나지 못한다. 텔레비전에서는 오늘도 헌법재판소 200미터 앞까지 행진이 허용되었다는 보도가 흘러나온다. 아나운서 뒤로는 지난주 집회 모습이 연속적으로 비친다. 촛불은 백열등처럼 꺼졌다가 켜졌다가 파도처럼 흐른다. 달력에서 돌아온 당신의 시선도 촛불을 따라 파도처럼 넘실댄다. 천장이 흔들흔들 춤을 춘다. 현기증이 인다. 당신이 숨을 길게 들이마시자 라일락 향이 코끝을 간질인다. 손으로 바닥을 더듬어 리모컨을 찾아 텔레비전을 끈다. 머리가 지끈거린다. 당신은 손으로 관자놀이를 꾹 누른다. 오늘 당신의 두통은 더 심해졌다. 이놈의 촛불 때문인 것도 같고, 저놈의 냄새 탓인 것도 같다. 손가락으로 관자놀이를 누르던 당신이 몸을 일으켜 라일락 냄새가 나는 쪽으로 간다.

당신은 아무 말도 하지 않고 사라진 희경이 내심 못마땅하다. 당신이 보기에 희경은 언제고 그런 식이다. 내일모레면 육십을 바라보는데 말끝마다 살얼음에 쩡하고 금이 갔다. 병원을 다녀오고 나서부터 더 막무가내다. 김 서방은 아예 건드리지 않는 눈치다. 어느 땐 보고 있는 당신이 더 무안했다. 흰머리가 무성한 김 서방이 희경의 비위를 맞추느라 쩔쩔매는 것을 보면 괜히 오금이 저렸다. 그냥 저걸. 희경이 아프지만 않아도 한마디 해주었을 것이다.

당신이 눈을 부릅뜬다. 방구석에 희미한 물건이 놓여 있다. 사각형의 플라스틱 용기다. 그 앞에 쭈그려 앉는다. 라일락 향이 코를 찌른다. 주변을 둘러본다. 당신 눈에 방 안은 온통 안개로 뒤덮인 듯 보인다. 금방 빠져나온 이부자리도 흐릿하게 번져 보인다. 당신은 해무가 낀 방죽에 앉아 있는 것 같다. 오른손을 눈 가까이 가져간다. 손가락이 퉁퉁 불은 오징어 다리처럼 번져 보인다. 다시 눈을 부릅뜨고 주변을 둘러본다. 모든 게 흐릿하다. 방바닥에 굴러다니는 전단을 간신히 주워 플라스틱 용기 위에 얹는다. 냄새는 이미 방 전체에 배 있다. 희뿌연 방 안에서 당신이 뚜렷하게 구분해낼 수 있는 것은 오로지 플라스틱 용기에서 새 나오는 라일락 향뿐이다.

희경이 마지막으로 온 것은 이틀 전이다. 냉장고에 먹지도 않을 밑반찬을 잔뜩 채워 넣고 현관문을 나서려다가 머뭇거렸다. 문턱에 가방을 내려놓고는 싱크대에서 빈 플라스틱 용기를 꺼내 들고 화장실로 갔다. 화장실에서 나온 희경은 당신이 누워 있는 방구석에 플라스틱 용기를 내려놓았다. 당신이 희경의 행동을 무연히 좇고 있는데, 갑자기 방 안이 환해졌다. 불도 켜지 않았는데. 당신은 몸을 반쯤 일으켜 사방을 두리번거렸다. 눈을 감았다가 떴다. 은은한 꽃향기가 났다. 언젠가 맡아본 적이 있는 향기였다. 꽃향기에 실려 수년 전의 일이 떠올랐다. 오랜만에 집에 들른 희경 내외에게 저녁상을 차려주기 위해서 당신은 집 근처 마트에 갔다. 무엇을 사고 무슨 음식을 했는지는 가물가물했지만 그날 양손으로 들기에 벅찰 만큼 많은 분량의 장을 보고, 사은품으로 섬유 유연제 두 봉지를 받은 것은 또렷이 기억났다. 평소에 섬유 유연제를 쓰지 않던 당신은 고민 끝에 그것을 들고 왔다. 손가락에 붉은 자국이 날 정도로 무거워서 중간에 버리고 갈까 갈등하던 게 생생해 절로 입꼬리가 올라갔다. 그렇게 사수한 섬유 유연제는 개봉도 하지 않은 채 베란다 구석에 처박혔다. 그날 희경이 아니었으면 당신은 그게 그런 향인 줄 영영 모를 뻔했다. 당신이 라일락 향에 취해 있다가 정신을 차리고 둘러보았을 때 희경은 온데간데없이 사라진 뒤였다.

당신이 몸을 일으켜 벽에 붙은 보일러 온도조절기에 눈을 바싹 갖다 댄다. 희뿌옇게 흐려진 사물 가운데 검붉은 점이 보인다. 손을 뻗어 그 아래 버튼을 누른다. 검붉은 점이 밝은 적색으로 바뀐다. 희경은 집에 들어서자마자 보일러 온도부터 줄였다. 방마다 돌아가며 불을 껐다. 다닥다닥 붙은 건물은 대낮에도 어둑했다. 빛이라고는 구경할 수 없는 신기한 구조였다. 오후 늦게서야 화장실 창문을 통해 손바닥만 한 빛이 후다닥 스쳐 갔다. 일부러 화장실에 있지 않으면 그나마도 구경조차 할 수 없었다. 집 안은 늘 서늘했고 한여름에도 음산한 기운이 돌았다. 희경은 달 뒷면에 불시착한 거 같다면서 사과를 깎다가 과도를 든 채 집 안을 천천히 둘러봤다. 그래도 햇볕을 봐야지. 사과 깎는 소리에 섞인 중얼거림이 당신 귀에 또렷이 와 박혔다. 순전히 나를 나무라는 소리였다. 기껏 이런 집 얻어놓고 생색을 냈느냐는 거였다. 처음 왔을 때는 여기가 다 훤했어. 당신이 재빨리 거들었다. 희경이 들은 척도 안 하고 사과를 크게 한입 베어 물었다. 결혼식을 올린 지 2년 만에 이혼을 한 나는 폐인이 되다시피 했다. 다니던 회사를 그만두고 술에 절어 살았다. 당신은 나의 이혼에 대해 아무것도 묻지 않았다. 눈에 명징하게 보이는 것도 그 옳고 그름을 판단하기 어려운데. 그때 이미 당신의 시야는 좁아질 대로 좁아져 있었다. 제 기능도 하지 못하는 눈으로 어찌 시비를 가리겠는가. 게다가 열 길 물속 같은 사람 속을. 당신은 모른 척 돌아앉았다.

당신은 집 안에서 자꾸 부딪치고 넘어졌다. 처음에는 집이 워낙 어두워서 그런가 보다고 생각했다. 싱크대 모서리에 세 번을 부딪치고 나서도 기력이 떨어져서 그런가 보다고 별반 대수롭지 않게 여겼다. 당신은 모든 사물이 모서리를 드러내놓고 있다는 걸 그제야 알아차렸다. 나이 팔십이 넘어서니 그런 것도 보이는구나. 오히려 감사했다. 그동안 다 아는 줄 알고 살아온 세월이 새삼 부끄럽기까지 했다. 당신은 한평생 직장이라는 데를 다녀보지 않았다. 10여 년 전 남편이 남기고 간 집 한 채를 팔아 생활비를 충당했다. 가끔 희경이 푼돈을 쥐여주는 것 외에 새로운 수입원은 없었다. 내가 빼가지 않는 것만으로도 다행이라고 생각했다. 희경과 나에게 기대지 않고 살다가 죽는 게 당신의 소원이었다. 곶감 빼먹듯 돈이 빠져나갔다. 아픈 곳도 자꾸 생겼다. 희경도 당신을 살뜰히 챙길 여력이 없었다. 당신은 지하도 계단에서 발을 헛디딘 후 아슴푸레 번져 보이는 신호등을 아슬아슬하게 건너 병원을 찾았다. 돌이킬 수 없는 게 시간만은 아니었다. 그날 당신은 병원 화장실에 앉아 한참을 울었다. 돌아오는 길 신호등 불빛은 그새 더 희미해졌고 건널목은 더 아득해 보였다. 다 건넜다고 생각하는 순간 경적이 길게 울렸다. 당신이 멈춘 곳은 건널목 중간에도 못 미친 지점이었다.

당신이 벽의 스위치를 더듬어 방마다 불을 켠다. 거실은 진즉에 켜두었다. 거실 겸 주방은 종일 불을 켜지 않으면 굴속 같았다. 당신은 녹내장을 앓기 전에도 아침에 눈을 뜨면 불부터 밝혔다. 집은 북서향으로 난 5층 건물의 2층에 있었다. 큰방 창을 열면 이웃 건물이 손에 잡힐 듯했다. 이사 오고 3년 만에 양옆으로 높은 건물이 들어섰다. 당신은 애초부터 이곳저곳 쫓아다니며 따지길 포기했다. 아니, 그럴 마음이 생기지 않았다. 예전 집이라면 달랐을 것이다. 북서쪽으로 애매하게 걸려 있는 큰방은 그때까지만 해도 잠시나마 희미하게 빛이 들어왔다. 그에 반해 내 방은 온전히 북쪽을 향했다. 당신이 보기에 나는 덩치에 어울리지 않게 추위를 탔다. 춥다는 말을 입 밖에 낸 적이 없는데, 당신은 내가 늘 추위에 떨고 있다고 생각했다.

　그날,
　그날의 기억 때문인지도 몰랐다.

　그렇게 생각하면서도 당신은 스스로의 판단을 한 번도 의심하지 않았다. 만약 그런 이유라면 이미 그때 당신은 생의 모서리를 목격한 것인지도 모른다. 당신은 요즘 들어 가끔 사치스러운 생각에 빠지곤 한다. 이를테면 그저 막연하게 들리지만 무척 친숙한 '생의 모서리' 같은 구절을 떠올리다가 피식 웃곤 한다. 뭔지도 모르지만 아주 생판 모르는 것 같지는 않은 그 무엇이 겁난다. 철학책 한 권 제대로 읽은 적이 없는데 어디서 그런 구절을 떠올리는지 아무리 생각해도 우습고 겁이 난다. 나를 떠올릴 때면 인생에 뭔가 그런 게 하나쯤은 있을 거 같다는 생각이 들곤 한다. 나는 그 모서리를 진즉에 돌아왔을 거라고 확신하기 위해, 그런 뜬금없는 가설을 세워놓고 그날의 불안한 기억을 지우려 드는 것인지도 모른다. 내 마른 내복을 개키다가 혹은 며칠씩 들어오지 않는 나를 기다리면서 당신 입가에 웃음기가 싹 가셨다. 생의 모서리는 하나가 아니었고 은폐는 또 다른 모서리를 내 옆구리에 들이밀었다. 모서리를 돌면

환하고 밝은 세계가 펼쳐질 거라고 막연히 기대를 품고 있었던 것이 당신은 통탄스러웠다.

얼마나 추울까.

당신은 다시 벽을 더듬어 보일러 온도조절기가 있는 곳으로 간다. 손을 뻗어 온도를 올리곤 몸을 부르르 떤다. 당신이 녹내장을 앓고 있는 걸 모르는 희경은 엄마가 치매에 걸린 모양이라고 여겼다. 그렇다고 앞장서서 병원에 가자고 하지도 않았다. 우리가 알아차리지 못하는 걸 당신은 오히려 다행으로 여겼다. 치매 오는 거 아니야? 파를 썰다가 베인 손에 밴드를 붙여주며 희경이 심각한 목소리로 말했다. 희경의 말이 끝나기 무섭게 당신은 칼을 내려놓고 두 팔을 양옆으로 벌리고 외발로 섰다. 봐. 멀쩡하잖아. 치매는 무슨 치매야. 당신의 정면으로 문이 열린 내 방이 보였다. 어둑한 방에 불온한 기운이 스멀거렸다. 당신은 정신을 가다듬고 시선을 바로 했다. 바닥에 디딘 당신의 다리가 후들거렸다. 양옆으로 벌린 두 팔이 너울너울 춤을 추었다. 숨이 붙어 있는 생명체처럼 방이 슬슬 움직이기 시작했다. 당신은 내 발자국이 수없이 새겨진 바닥에 시선을 박은 채 깊이 숨을 들이쉬었다. 정체 모를 생명체를 마주한 듯 당신의 눈빛은 고요하게 번뜩였다. 방 한가득 검은 파도가 일렁거렸다.

저 방문 좀 닫고 와.

문은 왜?

희경이 내 방과 당신을 번갈아 쳐다보는 사이 파도는 더 거세게 솟구쳤다. 벽에 걸려 있는 사진이며 그림을 집어삼키고 오래된 시계도 산산이 부수었다. 시계에서 떨어진 분침이 소용돌이치는 파도에 밀려 떠다녔다. 금세라도 문지방을 넘어올 기세였다.

어서!

갑자기 방문은 왜 닫으래.

당신의 다그침에 희경이 투덜대며 내 방 쪽으로 갔다. 온갖 쓰레기를 가득 실은 검푸른 파도가 출렁이며 희경을 뚫고 당신을 향해 밀려왔다. 깊고 아득한 눈 하나가 당신을 덮쳤다. 휘청, 당신의 몸이 흔들렸다.

그것 봐. 엄마 이상해졌다니까.

희경이 붙잡지 않았으면 당신은 뒤로 나가자빠졌을 것이다.

텔레비전에서 이러고 20초 못 버티면 치매라고 하드만.

그걸 어떻게 믿어. 이게 뭐 쉬운 건 줄 알아?

희경이 칼을 내려놓고 당신이 한 것처럼 자세를 취했다. 통통한 몸이 중심을 잡느라고 흔들렸다. 그러다가 그만 앞으로 고꾸라질 뻔하고서야 그만두었다.

너도 치매냐?

희경이 능숙하게 칼질을 했다. 당신은 바닥에 철퍼덕 주저앉은 채로 멍하니 방을 응시했다. 나는 어른이 되어서도 꽃이 질 때까지 내복을 벗지 않았다. 희경이 뽀얗게 살이 오를 때도 나는 못 얻어먹은 것처럼 비실거렸다. 당신은 그런 나를 위해 몸에 좋다는 것은 다 해 먹였다. 그래도 나아지지 않았다. 나는 늘 허기진 애처럼 눈에 생기가 없었다. 종일 빛이라고는 구경도 할 수 없는 방은 어둡고 썰렁했으며 음산했다. 방 안에 누워 있으면 난방을 하는데도 한기가 돌았다. 당신은 혼자 있으면 난방을 아예 하지 않았다. 그런 날은 침몰하는 배 안에 누워 있는 듯 사위가 흔들려 보였다. 방 안의 사물들이 모서리를 드러내고 출렁였다. 두 눈을 꾹 감고 흔들림을 견디던 당신이 나도 없는 집에서 돌아가며 불을 밝히고 보일러 온도를 높이고 창문을 꼭꼭 닫아걸자 희경이 치매를 의심하는 것도 무리는 아니었다. 게다가 당신은 툭하면 넘어지고 부딪쳤다.

한번은 장롱 모서리에 이마를 찧어 피가 났다. 안 되겠는지 희경이 당신더러 병원에 가자고 했다. 당신은 쓸데없는 데 신경 쓴다고 펄쩍 뛰었고 희경도 쉽게 물러나지 않았다. 마침내 당신이 희경을 따라나서려던 참이었다. 그일, 그 일이 터지는 바람에 흐지부지되고 말았다. 결국에는 희경이 먼저 병원 신세를 지고 말았다. 희경이 끝까지 잡아뗐으면 모르고 넘어갈 수도 있었다. 밥을 먹다가 입을 틀어막고 화장실로 뛰어가길 벌써 여러 차례 목격한 후였다. 가뜩이나 초췌한 희경의 몰골이 하루가 다르게 변해가고 있었다. 뭔가 심상치 않음을 눈치챈 당신은 구토를 하고 화장실에서 막 나오는 희경을 막아섰다. 희경은 그만 눈물을 보이고 말았다.

심각한 거 아니니까 걱정하지 마. 수술하면 괜찮대.

근데 왜 울어?

울긴 누가 울어.

희경은 벌게진 눈가를 손바닥으로 훔쳤다. 당신이 희경의 손을 덥석 잡았다.

엄마, 난 괜찮아.

괜찮은 게 괜찮은 게 아니었다. 당신은 희경의 얼굴을 바라봤다.

괜찮대도.

희경이 하고 싶은 말이 무엇인지 듣지 않아도 훤했다.

알아. 알아.

당신은 까칠한 희경의 손등을 자꾸 매만졌다.

수술을 앞두고 희경이 당신을 찾아왔다.

어휴. 냄새. 환기 좀 하지.

희경은 집에 들어서자마자 창문을 열어젖혔다. 당신은 요 근래 오줌까지 지렸다. 기침을 하면 밑으로 오줌이 쑥 빠졌다. 희경은 당신 눈치를 보며 보일러 온도를 내렸다. 당신은 무슨 말인가를 하고 싶은데 입이 떨어지지 않았다. 희경이 창문을 열고 보일러 온도를 내리며 부산 떠는 걸 무심히 바라봤다. 그새 희경은 부쩍 수척해졌다.

걱정하지 마.

희경이 걸레질을 하면서 중얼거렸다.

김 서방이 가끔 들여다볼 거야. 반찬은 상하기 쉬운 것부터 먹어. 밥은 김 서방이 해놓을 거고. 속옷은 매일 갈아입어. 그리고 제발 창문 좀 열어. 환기를 시켜야지 원.

희경은 닦지 않아도 될 곳까지 오래 닦았다. 시간이 그날에 멈춘 듯 모든 게 고요해졌다. 희경은 실성한 사람처럼 이곳저곳을 쫓아다녔다. 알아지는 것, 달라지는 것은 아무것도 없이 시간이 흘렀다. 잔혹한 봄이 가고 여름이 왔다. 그리고 눈이 내렸다. 그동안 희경이 나에게 품은 적의가 하루아침에 호의로 바뀌었다. 당신이 보기에 나를 더이상 볼 수 없다는 걸 그만큼 확실하게 각인시키는 일도 없었다. 희경은 나에 대해 늘 호의적이지 않았다. 어려서부터 당신이 나를 더 싸고돈다고 불만을 터뜨렸다.

잘하는 게 아무것도 없는데, 엄만 왜 걔만 좋아해?

어린 희경은 야무지게 따지곤 했다.

엄마는 둘 다 똑같이 좋아해.

그럴 때마다 당신은 희경을 다독여 사실을 은폐하기 바빴다. 희경이 알아차리는 것보다 내가 눈치챌까 더 전전긍긍했다. 희경이 고작 두 살 때의 일이었는데도, 그런 말을 해올 때면 이미 모든 걸 기억하고 있는 것 같아 당신은 덜컥 겁이 났다.

당신은 희경을 낳고 자궁을 들어내는 큰 수술을 받았다. 희경이 하나 있는 것도 얼마나 다행이냐며 남편은 오히려 당신을 다독였다. 남편의 무던함은 내가 오고 빛이 바래기 시작했다. 당신은 처음 한동안 나를 닳도록 들여다봤다. 이에 보답이라도 하듯 나는 예쁘게 잘 자랐다. 잔잔한 수면 위에 파문이 일기 시작한 것은 사춘기 때였다. 툭하면 싸움을 일삼고 공부는 뒷전이었다. 맞고 들어오면 맞고 들어오는 대로, 패고 들어오면 패고 들어오는 대로 남편은 응징을 가했다. 그 또래의 아들을 둔 부모라면 응당 겪어야 할 일일지라도 남편의 태도는 달랐다. 가시 같은 남편의 말 하나하나에 피투성이가 되는 건 내가 아니라 당신이었다. 남편 몰래 뒷감당을 하느라 편하게 눈을 붙인 날이 없었다. 급기야는 남편과의 불화로 이어졌다. 마침내 남편은 해서는 안 될 말을 하고야 말았다.

섬유 유연제 냄새는 여전히 집 안 곳곳에 배 있다. 당신의 두통이 섬유 유연제에서 기인하는 것 같아 할 수만 있다면 치워주고 싶다. 하지만 당신을 위해 내가 할 수 있는 일은 그저 지켜보는 일밖에 없다. 당신은 오늘따라 자주 집 안을 서성거린다. 잘 보이지도 않는 눈으로 별다를 것도 없는 세간을 하나하나 오래 들여다본다. 낡은 장롱과 금 간 거울을 손바닥으로 쓰다듬고 또 쓰다듬는다. 나는 그걸 바라보다가 슬그머니 장롱 문을 당긴다. 당연히 열리지 않는다. 마치 내 모습을 훤히 꿰뚫고 있는 듯 당신이 장롱 문을 연다. 옷가지가 정갈하게 정리되어 있다. 그 속에 내 옷도 보인다. 당신은 괜히 옷가지를 들추어보고는 장롱 문을 닫는다. 또다시 집 안을 더듬더듬 서성거리다 텔레비전 리모컨을 꾹 누른다. 이리저리 채널을 돌린다. 맨 촛불이다. 온통 그 이야기다. 수도 없이 듣는 이야기지만 당신은 늘 새로 상처가 난 것처럼 아리다. 희경은 텔레비전 속에도 꿈속에도 나타나지 않는 나를 찾아 헤맸다. 세상모르는 얼굴을 하고서라도 돌아오기를 빌고 또 빌었다. 당신에게 나는 점점 꿈결처럼 느껴졌다. 나를 처음 본 날의 기분처럼, 자꾸 모든 게 꿈만 같아졌다. 나와 함께했던 시간과 공간이 아스라이 지워졌다.

이제 그만해.

국회 앞까지 갔다가 되돌아온 희경에게 당신이 말했다.

엄마 아들이야. 그런데 어떻게 그만하냐고.

배에 찬 복수 때문에 희경은 숨 쉬는 것조차 쉽지 않았다.

그게 아니어도 그렇지. 멀쩡한 사람이 어느 날 갑자기 사라져버렸는데, 어떻게 아무렇지도 않을 수가 있지. 집 주변을 어슬렁거리던 길고양이가 안 보여도 이삼일은 궁금하잖아. 그게 정상 아니야? 안 그래?

희경의 목적은 나를 찾는 게 아니라 세상을 심판하는 데 있는 듯했다. 이런 세상은 존재할 가치도 없는 양, 절대로 그럴 수는 없으니 곧 심판의 날이 닥칠 것이라고. 눈빛에 살기가 돌았다.

이 세상에 제대로 돌아가는 게 어디 있더냐. 그만큼 살았으면서. …정상은 무슨.

당신이 씨부렁거렸다. 그 순간 당신 눈앞으로 휙 뭔가가 날아와 떨어졌다. 섬유 유연제를 담아둔 플라스틱 용기였다.

기준이 엄마 자식 아니유? 그래도 그렇지, 어떻게 엄마가 그런 말을 해!

당신 옷에 섬유 유연제가 튀면서 라일락 향이 진동했다.

난 포기 못 해! 아니, 절대 안 해!

포기 안 하면, 어쩔 건데. 죽은 애가 살아오기라도 한다
니. 당신은 목구멍까지 올라온 말을 애써 삼켰다. 두 애를
다 잃을까 봐 겁이 났다. 희경의 얼굴에 눈물이 번졌다. 당
신이 눈을 부릅떴다. 진짜 우는 건지, 아니면 녹내장 때문
에 그렇게 보이는 건지. 눈을 자꾸 비볐다. 걸레질을 하는
희경의 손등에 어슴푸레 멀어지던 신호등 불빛이 겹쳐 보
였다. 초록색 불빛은 금세 당신 손등을 타고 바닥으로 떨
어졌다.

내가 결혼을 한다고 하자 희경은 콧방귀를 뀌었다. 쟤가
제대로 살면 내 손에 장을 지져. 희경의 악담은 곧 현실이
되었다. 나는 결혼 2년을 못 넘기고 이혼을 하고 말았다.
결혼 전에 이어지던 술과 도박이 되살아났다. 당신에게서
벌써 수차례 돈을 가져간 후였다. 빚은 고스란히 당신들
몫이 되었다. 당신 남편은 나와의 관계를 끊었다.

그래도 그렇지, 너무 심한 거 아냐?

전후 사정을 모르는 희경이 중얼거렸다. 나는 한동안 당
신들 앞에 나타나지 않았다. 정신이 퍼뜩 들었다. 보란 듯
성공해서 나타나겠노라고 이를 악물었다. 내가 다시 집에
드나들기 시작한 것은 당신 남편이 죽고서였다. 나는 말끔

한 차림으로 장례식장에 나타나 능숙하게 상주 자리를 지켰다. 모든 일을 나서서 처리하고 마무리했다. 희경도 전처럼 함부로 대하지 않았다. 당신은 경황없는 통에 큰일 치를 일이 아득했는데, 내가 알아서 척척 해주니 기특하고 고마운 눈치였다. 이제야 사람 구실을 한다고 여겼다. 장례를 마치고 당신과 마주 앉았다.

고맙다.

당신이 먼저 입을 열었다.

밥벌이는 하고 있어요.

당신이 묻기도 전에 나는 멋쩍게 대답했다.

그동안 못되게 군 거 반성할 기회를 주셔야죠.

당신은 어떤 식으로든 내 곁을 지키고 싶어 했다. 당신이 거두었으니 책임도 당신이 져야 한다고. 내가 속을 썩일 때마다 기도문 외듯 중얼거렸다. 당신은 살던 아파트를 팔고 이 집을 구했다. 전세금의 일부는 내가 보탰다. 희경도 달라진 나의 모습에 기대를 가졌다. 당신이 혼자 살게 염려스럽던 차에 차라리 잘된 일이라고 생각하는 눈치였다. 안 그러면 고스란히 희경의 몫이었다. 나에 대한 희경의 분노가 다시 불붙은 건 그즈음이었다. 전세금의 대부분이 당신의 호주머니에서 나왔다는 것을 안 희경은 '그럼 그렇지' 하며 틈만 나면 당신을 단속하려 들었다.

개 말 다 믿지 마. 또 한 건 하려고 기회를 엿보고 있을 테니까. 엄마가 그렇게 오냐오냐하니까 나이 오십이 다 돼서도 애가 그 모양이지. 뭐가 그렇게 안쓰러운데?

말은 그렇게 해도 희경의 속마음은 딴 데 있었다.

안쓰럽긴. 누가?

누구긴 누구야.

벌받아. 그런 소리 하지 마.

내가 틀린 말 했어?

열 손가락 깨물어 안 아픈 게 어디 있어?

아들이라면 죽었다가도 벌떡 일어날 기세면서.

내가 너한테 못 해준 건 또 뭔데? 왜 하나밖에 없는 동생을 못 잡아먹어 안달이니?

말끝에 언성이 높아지면 당신이 먼저 자리를 피했다. 희경이 들어서는 안 되는 말들이 튀어나올 것 같아서였다. 그 소리를 내뱉지 않고서는 희경을 납득시킬 방도가 없었다. 입은 간사했다. 입이 또 하나의 인격체라는 걸 당신은 남편을 보고 알았다. 무덤까지 가지고 가자고 먼저 다짐한 것도 남편이었다. 나에게 발설을 한 입 또한 남편의 것이었다.

남편이 처음부터 부정적인 것은 아니었다. 나의 친모가 누구인지를 알고 나서부터 태도가 달라졌다. 당신들이 아들을 갖고 싶다는 걸 여기저기 흘리고 다닌 게 빌미였다. 딸 하나 낳고 더 이상 애를 낳을 수 없다는 걸 안 그쪽에서 이쪽을 생각해서 그랬다고 해도 백번 할 말이 없었다. 게 다가 남편은 장손이었다.

여자는 남편의 팔촌 당숙과 사돈지간에 있는 사람이었 다. 일찍이 혼자되어 동네에서 작은 양장점을 제법 오래 꾸려갔다. 솜씨도 있고 눈썰미도 좋아 꾸준히 단골이 있 었다. 당신도 그중 하나였다. 당신과 형님, 아우처럼 지내 던 여자는 당신이 아들을 갖고 싶어 한다는 것을 알고 있 었다. 손님 중에 애를 못 낳는 종갓집 며느리가 있었다. 대 를 이을 아이만 생긴다면 무슨 일이든 하겠노라고 여자를 설득했다. 처음에는 펄쩍 뛰던 여자도 돈 앞에서 마음이 흔들렸다. 도시에 가게를 새로 내주겠다는 제안이 뒤따랐 다. 여자가 배부른 채로 열 달간 숨어 지내는 동안 부인은 한 번도 그 앞에 나타나지 않았다. 그리고 여자가 아들을 낳던 날 부인은 목을 맸다. 여자는 핏기도 가시지 않은 아 기를 안고 헤매 다녔다. 강보를 당신 집 대문 앞에 놓고 그 길로 야반도주를 했다. 제법 쌀쌀한 봄밤이었다. 아기 울 음소리를 듣고 당신과 남편이 밖으로 나왔다. 라일락 향이 진동했다. 강보를 본 순간 당신은 시퍼런 파도를 뒤집어쓴 것 같았다. 남편이 강보에 싸인 아기를 안고 도망치듯 집 안으로 들어갔다. 당신은 부엌에서 굵은소금 한 바가지를 퍼가지고 와 대문 밖에 훌훌 뿌렸다. 문밖을 한 번 더 확인한 후 대문을 단단히 닫아걸었다.

아기 머리칼에서 라일락 향이 났다. 몸은 싸늘했다. 남편은 빨갛게 언 아기의 손발을 두툼한 손으로 비벼 녹였다. 밤새도록 지키고 앉아 희미해져가는 라일락 향을 붙들고 있었다. 파랗게 질렸던 입술에 붉은색이 돌아왔다. 당신은 미음을 끓이기 위해 부엌으로 나왔다. 창문 밖으로 먼동이 터왔다. 미음을 끓여 들어갔을 때 남편이 아기를 막 품에서 내려놓고 있었다. 아기는 곤히 잤다. 미음이 윗목에서 식어가는 동안 남편은 방 안을 서성거렸다. 애 깬다고 손짓을 해도 막무가내였다. 훤하게 밝은 밖을 힐끗거리며 한숨을 쉬었다.

복인 기라. 저리 곤히 자고 있는데 어쩌겠어. 천하고 귀한 게 어디 있어. 내 집에 들어온 이상 내 목숨이나 같은 기라.

남편은 아기 머리맡에 무릎을 꿇고 앉아 고해성사라도 하듯 중얼거렸다. 방 안에선 더 이상 라일락 향이 나지 않았다.

나는 잔병치레를 유난히 많이 겪었다. 그날 대문 앞에서 찬 바람을 맞고 누워 있어서 그런 건 아닐까. 좀 더 일찍

들렸더라면. 당신은 기이한 죄책감에 시달렸다. 그래도 죽지 않고 살아나 사람 구실을 하는 게 신기했다. 그사이 모락모락 연기처럼 피어오르던 소문은 점점 형체를 갖춰갔다. 급기야는 남편 귀에까지 들어갔다. 종친회 비슷한 모임에 다녀온 후였다. 남편은 그길로 부동산에 집을 내놓았다. 연고도 없는 서울 변두리에 정착했을 때 희경이 아홉, 나는 일곱 살이었다.

장독대가 높은 집이었다. 북쪽 방에서 네 식구가 잠을 잤다. 한겨울에는 머리맡에 놓아둔 물이 얼었다. 비닐로 창문을 꽁꽁 막아도 누우면 콧등이 시렸다. 남편은 잠자는 아이들 발에 양말을 신기고 언 손을 입김으로 녹였다. 도망치듯 올라온 서울 생활은 녹록지 않았다. 남편은 닥치는 대로 일을 했다. 공사장에서 벽돌을 나르고 시장통에서 생선을 팔았다. 좌판에서 시작한 생선 가게는 점점 자리를 잡아갔다. 새벽부터 트럭을 몰고 수산 시장을 드나든 지 20년 만에 그 시장에서 제일 큰 가게를 가지게 되었다. 당신은 그때를 생각하면 지금도 손에서 생선 비린내가 나는 것 같다. 그때 당신이 자른 고등어 대가리만 해도 트럭으로 수십 대분이 넘을 것이다. 비린내를 풍기며 방에 둘러앉아 아이들과 머리를 맞대고 고등어구이를 먹었다. 더디지만 북쪽 방에도 봄이 왔다.

내가 이 집을 얻었다고 했을 때 당신은 제일 먼저 집의 방향을 물었다.

글쎄. 남향은 아닌 거 같은데요?

나는 방향 따위는 아예 고려하지도 않았다. 당신은 그만한 나이면 그런 것쯤은 일러주지 않아도 알아서 하겠거니 했다. 더군다나 북쪽 방에서 산 유년의 기억을 잊지 않고 있었으면 그런 것쯤은 고려해서 집을 고르는 게 마땅했다. 당신 경험에 비추어본다면 말이다. 몸이 불편하지만 않았어도 따라나서든가, 아니면 나에게 다짐이라도 받아놓았을 터였다. 당신은 괜히 따라나섰다가 병을 들게 될까 봐 잠자코 있었다. 내가 같이 가자고 할까 봐 오히려 조바심을 냈다.

북향이네.

이 가격에 얻은 것만 해도 잘한 거예요. 워낙 비싸서.

당신의 중얼거림을 듣고 내가 말꼬리를 채갔다. 당신은 방 안에 들어서자마자 북향임을 직감으로 알아차렸다. 미리 옮겨 온 짐들이 제자리를 찾아 구색을 맞추고 있었지만 어쩐지 으슥하고 서늘한 기운이 발목을 휘감아 저절로 몸이 부르르 떨렸다. 당신은 나에게 방을 바꿀 것을 요청했다. 나는 끝내 말을 듣지 않았다. 나에게 북쪽 방의 기억은 그저 오래된 추억일 뿐이었다. 기억도 나지 않는 시간을 애써 거슬러 올라갈 여지는 없었다.

그 방에 대한 기억은 밥 먹은 것뿐이에요.

나는 집의 방향에는 애당초 관심도 없었다.

왜 있잖아요. 엄마가 만날 고등어랑 꽁치 구워줬잖아요. 아버지가 돋보기 끼고 가시 발라주면 밥숟가락 들고 희경이랑 잠자코 기다리던 게 생각나요. 방 안에서 항상 생선 냄새가 났어요. 그때 짝꿍을 좋아할 적이었는데, 걔가 뭐라 할까 봐 나중에는 그게 싫었지만. 옷에서도 꽁치 냄새가 날 거 같았거든요. 근데 알고 보니까 걔네 엄마는 새우젓 장사를 하더라고요. 왜 새우젓 냄새를 못 맡았는지 모르겠어요. 걔한테서도 분명히 새우젓 냄새가 났을 텐데.

나는 말끝에 배시시 웃었다.

나는 일찌감치 나갔다가 밤이 되면 돌아왔다. 당신이 좋아하는 과일이며 찬거리를 들고 오기도 했다. 당신은 나를 달라지게 한 게 무엇인지 궁금해하지 않았다. 내 본성이려니 했다. 지난날은 좋은 것만 기억해도 돌아보면 아득한 법이었다. 희경의 말대로 남은 재산을 노리고 꼼수를 부리는 거 같지는 않다고 생각했다. 당신은 자석에 끌리듯 내 방을 기웃거렸다. 내가 나가고 없을 때 빈방에 들어가 책상 위에 놓인 노트나 책을 물끄러미 들여다보기도 하고 벗어놓은 옷가지를 가지런히 개놓기도 했다. 내 체취를

217

느낄 수 있다는 사실만으로도 입을 벙글거렸다. 여보, 기준이가 사 온 거예요. 당신은 내가 사 들고 온 과일을 깎으며 중얼거렸다. 내가 병원에 들락거리고 사고를 칠 적마다 당신 남편은 말을 삼켰다. 표현은 안 해도 무슨 말을 하고 싶은지 당신은 단번에 알아차렸다. 남편은 남편대로, 당신은 당신대로 상대방이 먼저 입을 열까 봐 겁을 냈다. 그런 때면 서로 시선을 외면한 채 밥을 먹고 등을 돌리고 잤다. 발설을 하는 그 순간 명백한 사실이 될까 봐 두려웠다. 엄연한 사실이라도 인정을 하지 않으면 실재하지 않는다고 믿는 게 부모 마음이었다. 당신들은 나를 통해 그 사실을 깨달았다.

가끔 술에 취해 들어온 나는 당신 방문을 두드렸다. 다짜고짜 달려들어 팔다리를 주무르고는 춥다며 이불 속으로 들어갔다. 그러곤 이내 코를 골며 곯아떨어졌다. 쉽게 일어날 기세가 아니었다. 당신은 슬그머니 일어나 내 방으로 갔다. 보일러 온도를 한껏 올렸는데 방 안은 썰렁했다. 내 이부자리로 기어들어 콧등까지 이불을 끌어 올리고 잠이 오기를 기다렸다. 내가 제주도 이야기만 꺼내지 않았어도 이부자리 속으로 기어들진 않았을 것이다.

우리 제주도 가서 농사지을까요? 감귤 농사요.

언젠가 만취해 들어온 내가 잘 생각도 하지 않고 주절주

218

절 떠들던 끝에 한 말이었다.

거긴 왜?

따뜻하잖아요.

이제 다 늙어서 자신 없다.

당신은 이미 눈앞이 뿌옇게 흐려진 지 오래였다.

여기 생활 정리하고 내려간 친구가 있어요. 고향이 거기
래요. …아니에요. 그냥 한번 해본 얘기예요.

나는 바보처럼 웃었다. 당신은 내 일이 제대로 풀리지
않는 모양이라고 짐작했다. 무엇보다 '따뜻해서'라는 말
을 걸려 했다. 당신은 내가 무슨 말을 해도 매듭에 발이 걸
려 휘청거렸다. 그런 당신이 할 수 있는 일은 고작 이부자
리를 따뜻하게 데워놓는 일이었다. 시력은 이미 돌이킬 수
없는 지점까지 와 있었다.

텔레비전 속 거리에 어둠이 내려앉고 있다. 어둠 속 촛
불은 점점 명징하게 타오른다. 촛불이 모여 순식간에 거대
한 금빛 강물을 이룬다. 강물은 이순신 장군 동상을 돌아
세종대왕상을 지나친 뒤 저만치, 지독하게 고요한, 푸른 기
와집을 향해 진격한다. 그 행렬 속에 있는 양 당신은 숨이
가쁘다. 텔레비전에서 잠시도 눈을 떼지 않던 당신이 몸을
일으킨다. 별 볼일도 없는 집 안에 발자국을 새기듯 느리

게 걷는다. 오늘따라 유난히 집 안 곳곳을 살피고 다닌다. 보이지도 않는 눈으로, 평소에는 눈길 한번 주지 않던 베란다까지 괜히 오래 들여다보고 섰다. 당신은 희경이 용기 한가득 섬유 유연제를 쏟아놓고 나간 걸 보면 치료가 길어질 모양이라고, 마침 잘됐다고 고개를 끄덕거린다. 쭈그리고 앉아 플라스틱 용기 위에 얹어두었던 전단을 집어 든다. 라일락 향이 훅 끼친다. 플라스틱 용기를 들고 일어나 비슬비슬 걸음을 옮긴다.

그건 왜 거기다 둬?

섬유 유연제가 당신 방에 처음 놓이던 날이었다. 플라스틱 용기를 방구석에 내려놓던 희경이 멈칫거렸다.

응. 노인네들 있는 집에선 다 이런대. 누가 귀띔해주더라고. 웬만한 방향제보다 낫대.

생각 없이 지껄이던 희경이 당신 눈치를 살폈다.

아니, 그렇다고 엄마한테서 냄새난다는 게 아니라…. 좋잖아, 이 냄새. 안 좋아?

그렇지 않아도 찜찜하던 터였다. 아무리 속옷을 자주 갈아입고 아침저녁으로 씻어도 집 안에서 퀴퀴한 냄새가 가시지 않는 것 같아 당신은 누구라도 오면 난감했다. 희경이 틀린 소리를 한 것도 아닌데 입술이 바르르 떨렸다. 당신 낯빛이 변하는 걸 눈치챈 희경은 그다음부턴 당신 모르게 슬쩍 섬유 유연제를 채워놓곤 했다. 한번은 당신이 섬유 유연제가 든 용기를 발로 걷어차 방바닥에 홀딱 쏟았다. 걸레로 아무리 닦고 또 닦아도 미끈거림이 가시지 않았다. 때마침 들어온 내가 희경을 나무랐다. 노인네 큰일 나면 어쩌려고 그러냐고 다그쳤다. 희경은 누군 엄마 넘어지라고 일부러 그랬겠냐며 한 치도 물러나지 않았다. 내가 너무 오래 살았지. 당신은 슬그머니 자리를 피했다. 당신이 보기엔 쓰레기 버릴 자리를 두고 다투는 것 같았다. 한동안 집 안에서 섬유 유연제 냄새를 맡을 수 없었다.

당신이 섬유 유연제가 든 플라스틱 용기를 내 책상 위에 놓는다. 그때처럼 오면 오죽 좋아. 방 안 가득 묻혀 온 라일락 향, 여기야 여기. 당신은 내가 오고 있기라도 한 듯 한동안 멍하니 서 있다. 정신을 차리고 천천히 주변을 둘러본다. 내가 떠나던 날 아침처럼 모든 게 그대로다. 해무가 더 짙게 낀 것 외에는 달라진 게 없다. 당신이 서랍을 연다. 잡동사니 속에서 사진을 꺼내 든다. 어렸을 적 희경과 내가 성탄 트리 옆에서 찍은 사진이다. 당신이 문방구에서 사 온 조잡한 플라스틱 트리다. 당신은 가족들이 다 모인 자리에서 점등식을 했다. 불을 다 끄고 점등식을 기다리는 동안 나와 희경은 누가 먼저랄 것도 없이 어둠을 더듬어 서로의 손을 꼭 잡았다. 하나 둘 셋. 트리에 불이 들어오면

와, 하고 탄성을 질렀다. 촌스러운 꼬마전구가 반짝였다. 괜히 가슴속에 뜨거운 게 고였다. 누나도 그래? 나는 희경의 얼굴을 들여다봤다. 희경은 으응, 하며 고개를 끄덕거렸다. 트리는 그 이듬해, 또 이듬해, 그리고도 오랫동안 그 자리에 있었다.

당신은 사진을 눈 가까이 가져간다. 아무리 눈을 부릅뜨고 살펴도 뿌옇다. 내가 어디 있는지 알아차릴 수 없다. 손바닥으로 사진을 쓸어내린다. 수술을 마친 희경은 회복실로 옮겨졌을 것이다. 당신은 뭔가 결심한 듯 화장실로 향한다. 옷을 한 겹 두 겹 벗는다. 앙상한 뼈에 가죽만 걸쳐놓은 꼴이다. 나는 차마 바라볼 수 없어 눈을 돌린다. 언젠가 그곳에 머물렀던 것 같은 기억 때문에 더욱 황망하다. 당신이 화장실 바닥에 쪼그리고 앉아 몸이라고 할 수도 없는 육신을 구석구석 오래 씻는다. 그 모습이 마치 기도를 올리는 듯하다. 당신이 목욕을 마치고 거울 앞에 앉는다. 숱도 없는 머리를 오래도 빗는다. 당신에게 지난날은 부러울 게 없는 시간이었다. 나만 돌아온다면. 멈춰버린 시계만 돌릴 수 있다면. 당신은 머리단장까지 마치고 서랍장에서 새옷을 꺼내 입는다. 아, 저건 내가 언젠가 생일 선물로 사 온 것이다.

이런 거 사 올 돈 있으면 네 옷이나 사 입어.

말은 그렇게 하고도 당신 입이 다물어지지 않았다.

너를 마중할 때 입으려고 아껴두었나 보구나.

옷매무새를 만지면서 당신이 피식 웃는다. 마중이라니? 이미 이렇게 와 있는데. 숱한 날을 함께 잠들고 깨어나 당신 곁에 바싹 붙어 있는데. 나는 당신 앞을 가로막고 선다. 하지만 당신 눈에 내가 보일 리 없다.

시방 내가 버티고 있어서 못 오는 거냐? 아니면 그 길이 너무 어두워서. 시방 나처럼. 온통 암흑천지여서 못 오는 거냐? 아무것도 안 보여. 그냥 검고 긴 터널뿐. 가도 가도 끝이 없는.

온 곳도 간 곳도 모르는 나에 비해 이 모진 어둠의 뿌리는 그 시작이 명징하다고 당신은 생각한다. 시작이 있으면 끝이 있는 법. 중얼거리며 주방으로 간다. 싱크대 구석에서 페트병을 들고 온다. 마개를 열자 석유 냄새가 코를 찌른다. 놀란 나는 당신 손에서 페트병을 빼앗으려 한다. 하지만 손에 잡히는 건 당신이 집 안 가득 흘려놓은 불온한 기운뿐이다. 당신은 페트병을 기울여, 그 옛날 밤 아무도 몰래 대문 밖에 소금을 뿌리듯, 방 안 골고루 말간 액체를 흩뿌린다. 내가 덮었던 이불과 책상에도 투명한 액체가 덮인다. 돌아올 수 없을 줄 알았다면 그렇게 환한 미소로 보내지 않았을 것을. 당신은 후회하고 또 후회했다. 그날 나는 배를 타기 위해 집을 나섰다. 이미 감귤을 잔뜩 수확한 농부처럼 넉넉한 품으로 당신을 다독였다. 당신은 진동하는 감귤 냄새를 맡았다. 하던 일을 정리하고 마음을 굳힌 나는 당신이 보기에 흐릿하지만, 거구처럼 듬직해 보였다. 당신은 가물거리는 신호등을 지나 병원을 다시 찾을 예정이었다. 우리 아들이 감귤 농사를 짓는대요. 한쪽만이라도 흐릿하게 볼 수 있게 해달라고, 감귤 따는 거 정도는 할 수 있게 해달라고, 더는 바라지 않는다고 매달릴 작정이었다. 당신은 사고 소식을 듣고 텔레비전을 켰다. 앉아 있을 수가 없었다. 당연히 일어나야 할 일이 아무것도 일어나지 않았다. 마땅히 행해져야 할 일이 아무것도 행해지지 않았다. 마치 작정하고 그런 것처럼 기미조차도 보이지 않았다. 당신은 내가 신기루처럼 사라지는 걸 차마 지켜보지 못했다. 문을 열고 밖으로 뛰쳐나갔다. 산 사람이 어찌 신기루가 될 수 있느냐고, 지나가는 사람을 붙잡고 소리쳤다. 당신은 이제 스스로 신기루가 되려 한다. 금빛 강물이 되어 내가 흘러간 그곳에 닿으려 한다. 당신은 작은 담요 한 장을 머리에 뒤집어쓰고 어디에 있는지도 모르는 광화문을 향해 집을 나선다. 그 뒤로 성탄 트리 같은 불기둥이 치솟는다.

두 달 전 딸이 유기견 한 마리를 안고 들어왔다. 생명이 있는 그 무엇을 책임지는 게 부담스러워 줄곧 반대를 했음에도 딸의 뜻을 굽히지 못했다. 입양이 되지 않으면 안락사를 시킨다는 말에 무너졌다.

강아지가 오자 집 안이 엉망이 되었다. 뭐든 입에 닿기만 하면 물어뜯는 녀석 때문에 아끼는 화분이며 책을 모두 치워야 했다. 여기저기 강아지 용품이 쌓였다. 청결을 위해 청소는 더 자주 해야 했고 빨래하는 횟수도 늘었다. 오랫동안 지켜오던 생활 방식이 조막만 한 생명 하나 때문에 하루아침에 뒤죽박죽이 되었다.

강아지가 오고 한 달 만에 공교롭게도 딸이 크게 아팠다. 호흡기에 이상이 생겼다. 발병 원인을 찾는 의사 앞에서 나는 강아지 이야기를 꺼냈다. '강아지를 키우면 안 됩니다'라는 말이 의사 입에서 나오기를 내심 기대했다. 하지만 끝내 그런 말은 듣지 못했다.

여기 수록된 작품들은 실제로 일어났던 사회적 재난이나 사건을 바탕으로 창작되었다. 즉 〈궁극의 리스트〉는 '송파 세 모녀 자살 사건', 〈그녀의 경우〉는 '삼풍백화점 붕괴 사고', 〈만년필〉은 '대구 지하철 화재 참사', 〈겨울을 지키는 왕〉은 '근육무력증 장애인 동사 사건', 〈북쪽 방의 침묵〉은 '세월호 참사', 〈사라진 혀〉는 '고공 굴뚝 농성'을 모티브로 삼았다. 이제는 일상이 되어버린 사건 사고들. 하도 기막힌 경우를 많이 당해 웬만한 사건 사고에 놀라지도 않는다. 스치고 마는 사건 사고들 속에 헤아릴 수 없이 많은 생명이 묻히고 스러졌다. 그것은 명백한 타살이다. 지난 기사를 뒤척이며 그들의 죽음에 주목했다. 그중에는 스스로 택한 죽음도 있었다. 그것마저도 사회적 타살의 영역에서 자유롭지 못했다. 오도 가도 못하는 그들의 절망과 분노가 고스란히 전해졌다. 수많은 '그녀의 경우'는 미래에 '나의 경우'가 될 여지가 충분했다. 그것이 현재 대한민국의 민낯이다.

단순히 희생자 수로 집계되는 죽음 앞에서 내가 할 수 있는 일은 고작 글을 쓰는 것뿐이었다. 조심스럽게 그들의 고통과 좌절을 묵도했다. 여기 묶인 일곱 편의 소설은 수많은 '그녀' 혹은 '그'를 위한 진혼곡이다. 아울러 '그녀의 경우'가 '나의 경우'가 되지 않기를 바라는 염원이자 애끓는 기도다.

윤기 흐르는 까만 털이 마치 재규어 같다고 '재규'라 불리는 강아지는 온 가족의 사랑을 듬뿍 받으며 건강하게 잘 자란다. 딸의 발병 원인이 강아지에게 있다 해도 나는 재규를 보내지 못할 것이다. 뒤죽박죽이 된 생활 패턴이지만 투덜거리며 청소를 하고 세탁기를 돌린다. 그 이유는 반려동물이 우리에게 주는 소소한 기쁨보다 더 근원적인 데 있다. 재규가 쉴 새 없이 집 안 곳곳을 들쑤시고 다니며 생명의 가치를 생생하게 각인시켜주기 때문이다.

늘 곁에 함께하는 사람들이 있어 행복하다.
감사드린다.

2017년 가을 문턱에서
조영아

그녀의 경우

ⓒ 조영아 2017

초판 1쇄 발행 2017년 9월 26일
초판 2쇄 발행 2018년 7월 19일

지은이 조영아
펴낸이 이상훈
편집인 김수영
기획편집 김준섭 임선영 김수현 류기일
마케팅 조재성 천용호 박신영 조은별 노유리
경영지원 이해돈 정혜진 장혜정 이송이

펴낸곳 한겨레출판(주) www.hanibook.co.kr
등록 2006년 1월 4일 제313-2006-00003호
주소 서울시 마포구 효창목길 6 (공덕동) 한겨레신문사 4층
전화 02-6383-1602~3 **팩스** 02-6383-1610
대표메일 munhak@hanibook.co.kr

ISBN 979-11-6040-097-7 03810